AF272116

Oskar und die Dinosaurier

Für meinen lieben Enkel Oskar
und für Ingrid

INES KÖSTER

Oskar und die Dinosaurier

Bibliografische Information der Deutschen Nationalbibliothek

Die Deutsche Nationalbibliothek verzeichnet diese Publikation in der
Deutschen Nationalbibliografie; detaillierte bibliografische Daten sind
im Internet über http://dnb.d-nb.de abrufbar.

© 2023 Ines Köster

Autorenfoto: Ulrich Wiechmann, Gräfenhainichen

Umschlagdesign, Satz, Herstellung und Verlag:
BoD - Books on Demand, Norderstedt
ISBN 978-3-7578-6997-7

Inhalt

Die geheimnisvolle Flasche

Mensch, war der Unterricht heute ätzend«, maulte Ben auf dem Heimweg von der Schule.

»Das Diktat war der Abschuss«, meinte Oskar genervt. »Ich hoffe, ich kriege keine Fünf. Ansonsten kassiert mein Vater meinen Laptop ein.«

»Du gehst doch sowieso nach der vierten Klasse nicht aufs Gymnasium. Da kannst du doch bequem danebenhauen«, sagte Ben und schielte seinen besten Freund von der Seite an.

»Deswegen ist mein Vater auch stinksauer auf mich, weil ich ohne Abi nicht Arzt werden kann wie er«, sagte Oskar und verdrehte seine Augen. Er hatte ein klares Ziel vor den Augen. Polizist wollte er werden wie der Vater von Ben.

»Ich möchte Lehrer werden«, erwiderte Ben. »Ich bin dann aber nicht so streng wie Frau Wagner. Die geht mir ganz schön auf den Nerv mit ihrer Meckerei.«

»Ja, wie sie heute Lea angedonnert hat wegen dem Spiegel, in den sie nur mal kurz geguckt hat«, schimpfte Oskar. »Mich würde interessieren, was an dem Ding so besonders ist.«

»Lea rückt doch nicht mit der Sprache raus«, entgegnete Ben missmutig. Auch er war neugierig darauf, das Geheimnis des Spiegels zu erfahren.

Den goldenen aufklappbaren Handspiegel hatte die Hexe Indra Lea vor ein paar Wochen zum Abschied geschenkt. Oskar und Ben hatten damals gemeinsam mit noch einem Mitschüler Lea aus den Fängen des Zauberers Tarabassini in dem Zauberland Hokuspokus befreit. Lea lebte nun wieder bei ihrer Adoptivmutter. Aber wenn sie in einigen Jahren das 18. Lebensjahr erreicht hat, muss sie ihre Herrschaft in Hokuspokus antreten. Ihre Eltern, König Gustav und Königin Hilde, waren damit einverstanden gewesen, dass ihre Tochter die Gewohnheiten ihrer neuen Heimat weiter kennenlernen durfte, um später ihr Land Hokuspokus gerecht und einträglich regieren zu können.

»Vielleicht darf Lea das Geheimnis des Spiegels nicht verraten, weil dann etwas Blödes passiert«, überlegte Oskar. »Bei dem ganzen Zauberkram weiß man doch nie, wer da was im Schilde führt.«

»Ja, gut möglich«, stimmte Ben zu. »Tschüss,

bis morgen.« Ben verschwand in der Eingangstür des Mehrfamilienhauses, in dem er mit seinen Eltern wohnte.

Oskar lebte mit seiner Familie am Waldrand in einem schicken Einfamilienhaus. Auf dem Weg dahin kam Oskar an einer Bushaltestelle vorbei. Der Papierkorb war aus der Verankerung gerissen. Der Müll lag auf dem Gehweg. Oskar schüttelte tadelnd den Kopf. Da fiel ihm plötzlich eine Trinkflasche mit einem Tyrannosaurus Rex in dem Müllhaufen auf. Der Dinosaurier hatte sein Maul weit aufgerissen. Über ihm flogen Flugsaurier. Oskar hob die Flasche auf und schüttelte sie. Sie war leer. Wer schmeißt denn so eine coole Flasche weg, wunderte er sich. Er entschloss sich, die Trinkflasche mit nach Hause zu nehmen.

Am Gartentor empfing ihn laut bellend sein Hund Prinz. Der junge mittelgroße Mischlingsrüde mit langem braunem Fell stand jeden Tag am Gartentor und wartete auf sein Herrchen. Er hoffte nun, dass Oskar seinen Ranzen in die Garage schmeißen und sein Mountainbike rausschieben würde, um mit ihm eine Waldrunde zu drehen.

Aber Oskar beachtete Prinz nicht und stürmte ins Haus. Prinz war beleidigt. Er bellte und jaulte in hohen Tönen.

»Mama, schau mal, was ich Tolles gefunden habe!«, rief Oskar und lief geradewegs in die Küche.

»Was plärrst du so herum, Dumpfbacke«, empfing ihn seine zwei Jahre ältere Schwester Lara unfreundlich. »Mutter musste ins Tierheim. Da gab es einen Notfall.«

»Was für einen Notfall?«, fragte Oskar entgeistert und ließ die Trinkflasche sinken. Er konnte sich nicht erinnern, dass seine Mutter jemals außer Haus gewesen war, wenn er aus der Schule gekommen war.

»Was weiß ich denn, du Nervensäge«, plauzte Lara zurück. »Auf jeden Fall war Mutter ganz blass als sie losgefahren ist.«

»Dann machst du eben meine neue Flasche sauber, Schwesterherz!«, befahl Oskar grinsend. »Ich radele erst einmal mit Prinz durch die Gegend.«

»Bei dir piept es wohl«, ereiferte sich Lara. »Ich bin doch nicht deine Putzfrau.« Sie rannte höhnisch lachend aus der Küche.

Oskar streckte ihr die Zunge hinterher und drehte den Verschluss der Trinkflasche ab. Erschrocken ließ er die Flasche fallen. Blauer Qualm entwich der Flaschenöffnung. In der Rauchwolke tauchte plötzlich der Zauberer Tarabassini auf.

Er lachte boshaft und rief: »Na, du Schlaumeier, du dachtest wohl, du hättest mich besiegt. Aber deine Freundin, die neunmalkluge Ratte, steckte die Zauberfeder nur flüchtig in meinen Umhang. An einer Stelle wurde ich deshalb nicht in Stein gemeißelt. Meine Seele fand so einen Ausgang aus der steinernen Hölle. Nun hast du mich wieder am Hals. Ich werde dir keine ruhige Minute gönnen, bis du mir Prinzessin Lea ausgeliefert hast.«

Oskar drohte vor Bammel in Ohnmacht zu fallen. Seine Knie zitterten und Schweißperlen bildeten sich auf seiner Stirn. Aber er durfte sich seine Schwäche nicht anmerken lassen. Er holte tief Luft und sagte: »Du denkst wohl, dass du mich mit deiner blauen Rauchwolke beeindruckst. Ich werde Lea wie meinen Augapfel schützen, du Gauner.«

»Du sprichst große Worte, mein Junge«, rief

Tarabassini böse. »Aber ich habe natürlich vorgesorgt, um deinen Eifer, mir Lea nach Hokuspokus zu bringen, anzuheizen.« Der Zauberer lachte schaurig.

Oskar musste sich am Küchenschrank festhalten, denn ihm wurde schwarz vor Augen.

Was führte der Zauberer im Schilde?

»Unheil zieht über dich«, rief Tarabassini hämisch. »Du wirst mich auf allen Vieren anflehen, um mir Lea übergeben zu können. Ich werde mich jetzt in mein vorübergehendes Zuhause zurückziehen. Du kannst die Flasche ruhig fest verschließen, ich bin trotzdem nicht dein Gefangener, ha, ha, ha.«

Das grauenhafte Gelächter des Zauberers klingelte Oskar in den Ohren als er die Trinkflasche zudrehte. Sehr verwunderlich fand er es, dass die Dinosaurierbilder von der grünen Trinkflasche verschwunden waren.

Der Erpresserbrief

Oskar lief mit schweißnassem T-Shirt die Treppe zu seinem Zimmer hinauf. Schnell schlug er die Tür hinter sich zu und versteckte die bedrohliche Trinkflasche in seinem Kleiderschrank hinter einem Stapel Pullover. Tarabassini hatte finstere Absichten. Das spürte Oskar.

Was sollte er jetzt tun? Vielleicht war es das Beste, Ben in das Geheimnis der Trinkflasche einzuweihen.

Oskar öffnete seine Kinderzimmertür. Er hörte Prinz im Garten heiser bellen. Oh Mann, dachte er, Prinz habe ich ja ganz vergessen.

Lara öffnete ebenfalls ihre Kinderzimmertür und rief ärgerlich: »Dein Köter geht mir auf den Nerv. Sei froh, dass Vati nicht zu Hause ist. Der hätte dir schon ein paar Takte erzählt.«

»Kümmere dich um deinen Kram, Schwesterherz«, konterte Oskar zurück und wollte die Treppe hinunterstürmen.

Doch abrupt blieb er stehen, denn er vernahm aufgeregte Stimmen in der unteren Etage.

»Wir müssen auf jeden Fall die Polizei einschalten«, sagte eine männliche Stimme entschieden.

»Bitte lassen Sie uns warten, bis mein Mann nach Hause kommt«, hörte Oskar seine Mutter eindringlich sagen. »Der Erpresser meint es bestimmt ernst.«

Mehr konnte Oskar von der Unterhaltung nicht verstehen, denn Lara streckte ihren Kopf wieder aus ihrer Tür heraus und fuhr ihn unfreundlich an: »Du stehst ja noch wie ein Langweiler hier herum. Ich verpetze dich, dann kannst du Prinz im Tierheim abgeben.«

»Mensch, du Giftschlange, Mutti steckt in Schwierigkeiten«, flüsterte Oskar aufgeregt. »Sie wartet da unten mit einem Mann auf Vati.«

Lara kam neugierig aus ihrem Zimmer heraus und horchte. Nun kriegten sie mit, dass der Vater nach Hause kam. Die Mutter rief aufgeregt: »Gut, dass du da bist. Stell dir mal vor, das Tierheim hat von einem Unbekannten einen Erpresserbrief bekommen. Hier lies selbst.«

»Mist«, sagte Oskar, »nun erfahren wir nicht, was in dem Brief drin steht.«

»Ich gehe jetzt runter«, entgegnete Lara und

rannte los. Oskar sauste hinterher. Er nahm gleich mehrere Stufen auf einmal.

Der Vater blickte auf, als seine Kinder in das Wohnzimmer geflitzt kamen. Er rief ärgerlich: »Mein Sohn, du nimmst sofort Prinz an die Leine und gehst mit ihm eine Runde. Ich will keinen Ärger mit den Nachbarn bekommen.«

»Aber Vati«, protestierte Oskar aufgelöst. »erst muss ich doch wissen, was in dem Brief steht.«

»Keine Widerrede, du gehst augenblicklich mit Prinz«, forderte der Vater seinen Sohn streng auf.

Lara schaute ihren Bruder herablassend an. Oskar lief rot an und verließ wütend das Wohnzimmer. Als er die Haustür aufmachte, sprang ihn Prinz bellend an. »Mensch, kannst du dich nicht einmal zusammenreißen?«, schnauzte er den Rüden an. »Wegen dir bekomme ich immer Ärger mit Vati. Komm jetzt.«

Prinz trottete nun mit hängendem Schwanz Oskar hinterher, der schon sein Fahrrad aus der Garage geholt hatte. Oskar wollte indessen seinen Plan umsetzen, Ben in die aufregenden Ereignisse einzuweihen.

Er nahm den Weg durch den Wald. Prinz schnüffelte ausgiebig die Wildschweinspuren ab und hinterließ seine Duftmarke. Plötzlich verschwand der Rüde im Unterholz. Er bellte tief und stotterig.

Oskar stöhnte und stieg vom Fahrrad. Prinz stand mit Schaum vorm Maul vor einem riesigen Kothaufen. Er war etwa einen halben Meter lang. Unzählige Fliegen schwirrten wie Propeller um den Riesenfladen herum. Oskar holte tief Luft. Kein Tier kann so einen riesigen Haufen machen, schoss es ihm durch den Kopf.

Er wischte sich den Schweiß von der Stirn und schaute sich bang um. Plötzlich knackte es im Wald und der Waldboden erzitterte. Oskar gefror das Blut in den Adern. Schweres Getrampel kam wie ein Kanonenfeuer immer näher. Dann tauchte zwischen dem Geäst der Laubbäume der überdimensionale Kopf eines Tyrannosaurus Rex auf. Mit zitternden Händen hielt Oskar pfeilschnell Prinz die Schnauze zu. Aber das gefiel dem Rüden gar nicht. Er riss sich schrill bellend los und sauste davon. Starr vor Schreck lief es Oskar heiß und kalt den Rücken hinunter. Da kam ihm ein Geistesblitz. Obwohl es total eklig war, beschmierte er sich mit dem übel riechenden Kot. Er bekam Würgereiz, aber der Tyrannosaurus Rex schnüffelte nur kurz und entfernte sich dann laut trampelnd wieder.

Oskar war erleichtert. Mit wackeligen Beinen und schrecklich stinkend stieg er auf sein Fahrrad. In seinem Kopf drehten sich die Gedanken wie ein Karussell. Wenn er tatsächlich den Kopf eines T-Rex gesehen hatte, dann hatte Tarabassini etwas damit zu tun. Ein freilaufender Dinosauriergigant stellte eine große Gefahr für die Menschen dar. Vor allem, weil der T-Rex als Fleischfresser bekannt war und mit seiner enormen Beißkraft einen Menschen wie eine Erdnuss zermahlen konnte.

Oskar hoffte, dass Prinz auf dem schnellsten Weg nach Hause gelaufen war. Aber er sollte enttäuscht werden. Kein ohrenbetäubendes Bellen empfing ihn am Gartenzaun. Stattdessen begrüßte ihn sein Vater mürrisch: »Na, mein Sohn, wo hast du dich herumgetrieben? Deine Schwester macht bereits Hausaufgaben. Hast du keine auf?« Der Vater rümpfte die Nase. Verblüfft rief er: »Bist du einem Stinktier begegnet? Das hat gewiss jemand ausgesetzt.«

»Ja, die Leute hatten bestimmt keine Lust mehr auf das Stinktier«, stimmte Oskar froh zu, weil er nun seinen widerwärtigen Gestank nicht weiter erklären musste. »Nach dem Duschen mache ich gleich Hausaufgaben.«

»Gut, mein Sohn«, rief der Vater, bevor er die Autotür seines Jeeps aufmachte, »ich muss jetzt aber erst einmal in die Klinik zurück.«

Oskar stellte sein Fahrrad in die Garage. Seine Hausaufgaben waren ihm im Moment völlig egal. Er hatte ganz andere Sorgen. Wie konnte er Lea vor Tarabassini beschützen? Der Zauberer wollte unbedingt die Herrschaft im Zauberland Hokuspokus an sich reißen. Lea stand ihm aber im Weg. Sie war mit Zauberkräften geboren worden, gegen die der Zauberer machtlos war. Deshalb hatte Tarabassini die Prinzessin als Baby aus Hokuspokus entführt und vor einem Waisenhaus abgelegt. Lea wurde damals adoptiert und wuchs glücklich bei ihrer Adoptivmutter auf. Bis vor ein paar Monaten hatte sie nichts von ihrer wahren Herkunft geahnt. Nun war Lea durch die erneuten Machenschaften des Zauberers wieder angreifbar.

Als Oskar das Haus betrat, kam seine Mutter auf ihn zu und rief entsetzt: »Herrgott, du stinkst ja wie ein Misthaufen! Mache die Sachen gleich in die Waschmaschine.« Die Mutter sah sich um und fragte misstrauisch: »Wo ist Prinz? Ich habe beobachtet, dass du allein nach Hause gekommen bist.«

Oskar wurde es heiß und kalt. Sollte er der Mutter von seinen Erlebnissen erzählen? Unsicher sah er seine Mutter an. »Ähm«, sagte er zögerlich, »das war so. Prinz hat im Wald einen riesigen Kackhaufen aufgespürt. Und als dann der T-Rex zwischen den Bäumen aufgetauchte, ist Prinz schlagartig auf und davon.«

Die Mutter wurde noch blasser als sie schon war. »Also ist es wahr, was in dem Erpresserbrief steht«, sagte sie mit bebenden Lippen.

»Mama, was steht in dem Brief?«, fragte Oskar aufgeregt.

Die Mutter holte tief Luft und stammelte: »Da steht drin, dass jeden Abend zwei Schafe vor dem Tierheim angebunden werden sollen für einen Tyrannosaurus Rex. Ansonsten würde der Dinosaurier das Tierheim plattmachen. Und wir sollen auf keinen Fall die Polizei einschalten, weil sonst Flugsaurier angreifen würden.«

Das riesige Ei

Oh, Mama, das ist krass«, rief Oskar. »Ich spüle erst einmal meinen Gestank ab. Dann suche ich Prinz. Er hat sich bestimmt ganz in der Nähe versteckt.«

Oskar lief ins Bad. Lara kam aus ihrem Zimmer und zog schnuppernd die Nase kraus.

»Hier muffelt es ja wie im Raubtierhaus«, stellte sie fest und hielt sich die Nase zu.

»Mama, ich gehe jetzt zu meiner Freundin«, sagte sie dann aufgekratzt. »Wir wollen noch für Mathe üben. Morgen ist eine Klassenarbeit angesagt.«

»Ist gut, Lara«, sagte die Mutter matt. »Und halte mal die Augen offen, ob du Prinz siehst. Er ist Oskar im Wald entwischt.«

»Endlich Ruhe. Der Kläffer fehlt mir nicht«, sagte Lara abfällig. Sie hatte nicht vor, nach dem Rüden Ausschau zu halten.

Als Oskar unter der Dusche stand, fühlte er, dass die kommende Zeit wieder abenteuerlich werden würde. Vor etwa einem halben Jahr hatte er einen Zauberring mit der Inschrift Tarabassini in einer alten Baumruine gefunden. Plötzlich waren lauter magische Dinge um ihn herum passiert. Nun schien wieder eine Etappe mit Hexerei anzubrechen.

Nach dem Duschen trocknete sich Oskar schnell ab und föhnte seine blonden widerspenstigen Haare. Seine derbe Haarpracht war für ihn ein Albtraum. Oft wurde er deswegen gehänselt. Sein Spitzname war Igelchen, denn seine Haare standen wie Stacheln ab. Kein Frisör hatte daran bisher etwas ändern können.

Als er sich angezogen hatte, rannte Oskar die Treppe hinunter. »Mama, ich suche jetzt Prinz«, rief er. Aber seine Mutter antwortete nicht. Als er zur Garage lief, stellte er fest, dass ihr Auto nicht mehr auf dem Hof stand.

»Na, super«, dachte Oskar laut, »alle von der Familie ausgeflogen.« Er schloss das Gartentor hinter sich zu und radelte los.

Zunächst sauste er zu der Stelle, wo der Kothaufen lag. Unterwegs hatte er Ausschau nach Prinz gehalten. Aber den Rüden hatte er nirgendwo entdecken können. Nun rief er ungeduldig: »Prinz, mein Guter, komm zu Herrchen!«

Oskar spitzte die Ohren. Jedoch blieb alles still.

Er seufzte und stieg auf sein Fahrrad. Eine Ahnung ließ ihn zu der alten Baumruine fahren, in der er damals den Zauberring gefunden hatte. Der Weg dorthin war ziemlich holprig, aber er kam mit seinem Mountainbike gut voran. Als er angekommen war, schmiss er sein Fahrrad einfach auf den Waldboden, denn er hörte ein Kläfen, welches aus der großen Baumhöhle kam.

»Prinz!«, rief Oskar erfreut und stürzte in die modrige Baumruine. Der Rüde sprang ihn bellend an. Dann traute Oskar seinen Augen nicht. In der Baumhöhle lag ein riesiges Ei, so lang wie ein Baby.

»Oh Mann, das glaubt mir doch keiner!«, rief Oskar und wollte sich das Ei, welches die Form eines überdimensionalen Tic Tac Dragees hatte, näher ansehen. Prinz wedelte mit seinem Schwanz und leckte tatkräftig an dem Ei herum. Doch auf einmal bebte der Waldboden. Prinz stob abermals von dannen.

Oskar erstarrte zur Salzsäule. Er sah die riesigen Hinterbeine des T-Rex vor der Baumruine stehen. Seine gewaltigen Füße mit den drei Zehen hatten sein Mountainbike unter sich begraben.

Der Schweiß lief Oskar aus allen Poren. Es gab keinen Ausweg für ihn. Oder doch? Vielleicht war der T-Rex ein Weibchen, welches das Ei gelegt hatte. Dass Dinosaurier wie alle Reptilien Eier legten, wusste er aus seinem Lexikon. Oskar nahm allen Mut zusammen und rief: »He, T-Rex, wenn du nicht willst, dass ich dein Ei zertrete, lass mich meiner Wege gehen.«

Der T-Rex brüllte bedrohlich wie ein Alligator, zog sich aber zurück. Vorsichtig streckte Oskar seinen Kopf aus der Baumhöhle heraus. Sein Mountainbike war nur noch ein Schrotthaufen. Mit klatschnassem Sweatshirt flitzte er geschwind heimwärts. Zum Glück war Prinz nach Hause gelaufen und erwartete ihn bellend am Gartentor.

Die Mutter kam aufgelöst aus dem Haus gestürzt und rief: »Also heute ist ein Wahnsinnstag. Erst der Erpresserbrief, dann war Prinz verschollen und jetzt du.«

Oskar schloss schnell das Gartentor hinter sich und wollte in sein Zimmer rennen. Er musste mit Tarabassini sprechen. Aber seine Mutter hielt ihn am Sweatshirt fest und sagte streng: »Nicht so schnell, mein Sohn. Wo ist dein Fahrrad?«

Oskar holte tief Luft und log: »Ich war kurz bei Ben oben und als ich wieder runterkam, war mein Fahrrad weg.«

»Da müssen wir eine Anzeige bei der Polizei machen«, sagte die Mutter bestimmt.

»Vielleicht taucht es ja wieder auf«, meinte Oskar rot werdend. »Gewiss wollte mir jemand bloß einen Streich spielen.«

»Irgendwas geht doch hier nicht mit rechten Dingen zu«, stellte die Mutter fest. »Hoffentlich fangen die Zaubereien nicht wieder an. Das geht an die Nerven.« Die Mutter dachte an die Kälte vor einem halben Jahr, die mitten im Hochsommer ihren Garten in eine Eislandschaft verzaubert hatte.

»Alles wird gut, Mama«, sagte Oskar tröstend, obwohl sich sein Bauch anfühlte, als hätte er einen Ball verschluckt.

»Ich bespreche das mit Vater, wenn er nach Hause kommt«, sagte die Mutter entschieden. »Nimm Prinz mit in dein Zimmer. Dann hört der Radau auf. Und erledige deine Hausaufgaben.«

»Ja, Mama, das mache ich alles«, rief Oskar eifrig und verschwand schnell in seinem Kinderzimmer. Prinz legte sich mit eingeklemmtem Schwanz in sein Körbchen.

Oskar öffnete seinen Kleiderschrank und kramte die Trinkflasche hervor. Vorsichtig drehte er den Verschluss auf. Sofort quoll blauer Qualm hervor. Tarabassini ließ sein schauriges Gelächter ertönen. »Na, du Naseweis, fühlst du dich wie im Jurassic Park? Das war doch eine geniale Idee von mir, den König der Dinosaurier auferstehen zu lassen. Ich weiß doch, dass du den T-Rex cool findest, weil er so stark, groß und böse ist, ha, ha, ha.«

Oskar fühlte sich ertappt, denn er war ein großer Dinosaurier Fan. Als er eingeschult wurde, waren alle seine Schulsachen mit Dinos bestückt gewesen. Die Stoffzuckertüte mit einem T-Rex diente ihm immer noch als Kuschelkissen. In seinen Spielkisten stapelte sich das Dinosaurier Spielzeug.

»Jedoch, du Dino Rebell«, grollte der Zauberer, »dein Spaß hat einen Preis. Solltest du mir Lea nicht in den nächsten drei Tagen nach Hokuspokus bringen, wird der T-Rex seinen Appetit von Schafsfleisch auf Hundefleisch umstellen. Und meine fliegenden Freunde, die Pteranodonten,

überwachen jeden deiner Schritte, ha, ha, ha.«
Der blaue Rauch verschwand langsam in der
Trinkflasche.

»Halt, Tarabassini«, rief Oskar aufgeregt, »du
hast mir noch nicht gesagt, was es mit dem riesigen Ei in der Baumruine auf sich hat.«

»Du bist so ahnungslos, ha, ha, ha«, lachte der
Zauberer höhnisch. »Das Ei ist meine Geheim-
waffe. Daraus schlüpft in drei Tagen ein Baby T-
Rex, etwa so groß wie ein Border Collie. Jedoch
kann er etwas, was ansonsten nur Drachen können. Feuer speien. Solltest du mich enttäuschen,
brennt dein Zuhause wie eine lodernde Fackel,
ha, ha, ha.«

Oskar lief es eiskalt den Rücken hinunter. Mit
zitternden Händen verschloss er die Trinkflasche
und verbannte sie wieder hinter dem Stapel Pullover.

Der Hexenspiegel

Es wird Zeit, Ben in das Geschehen einzuweihen, dachte Oskar nervös. »Prinz, Schluss mit Dösen. Wir besuchen Ben.«

Der Rüde erhob sich schwerfällig. Ihm saß noch der Schreck noch in den Knochen. Oskar öffnete vorsichtig seine Kinderzimmertür und lugte hinaus. Leise ging er dann die Treppe hinunter. Prinz stieg der köstliche Bratenduft aus der Küche in die Hundenase. Nun stob er bellend an Oskar vorbei, der genervt die Augen verdrehte. Schon stand seine Mutter im Flur und sagte: »Das ging aber schnell mit den Hausaufgaben, mein Sohn.«

»Prinz muss mal raus. Ich glaube, er hat Durchfall«, verteidigte sich Oskar mit roten Wangen.

»Na dann, aber fix«, sagte die Mutter und öffnete die Haustür.

Prinz schlüpfte heraus und sprang munter durch den Garten. Oskar fragte: »Mama, kann ich Laras Fahrrad nehmen? Dann bin ich mit Prinz schneller im Wald.«

»Von mir aus«, meinte die Mutter.

Oskar schwang sich auf Laras pinkes Mountainbike. Prinz musste Galopp laufen, denn Oskar trat ordentlich in die Pedale. Schnell waren sie an Bens Wohnblock angekommen.

Oskar klingelte Sturm. In der Sprechanlage rauschte es und Bens Mutter fragte: »Wer ist da?«

»Ich bin es, Oskar. Darf Ben mit mir die Hunderunde drehen?«

»Ja, wenn er möchte«, sagte Bens Mutter.

»Komme gleich«, rief Ben aus dem Hintergrund.

Ben nahm gleich mehrere Stufen auf einmal und riss neugierig die Eingangstür auf. »Wo brennt es, Alter?«, fragte er erwartungsvoll.

»Die Zaubereien haben wieder begonnen«, flüsterte Oskar beschwörend. »Hole dein Fahrrad, ich will dir etwas zeigen.«

Ben stöhnte und sagte: »Oh Mann, nicht schon wieder. Ich will meine Ruhe haben.«

Er holte sein neues lindgrünes Fahrrad mit den extra fetten Reifen. Darauf war er mächtig stolz. Nun sah er, dass Oskar ein pinkes Fahrrad fuhr. Er prustete los und rief: »He, Alter, verschone mich mit deinem Fahrradzauber. Ich bin doch keine Barbie.«

»Mensch, du Quatschkopf, ich musste Laras

Fahrrad nehmen, weil der T-Rex meins wie eine heiße Kartoffel zermalmt hat«, entgegnete Oskar genervt.

Ben zog die Bremse und stoppte abrupt. »Ein T-Rex ist die Zauberei«, rief Ben überrascht. »Das ist ja wie im Jurassic Park.«

»Komm jetzt«, rief Oskar, »das ist noch nicht alles. Wir fahren zu der Baumruine. Du wirst Augen machen.«

»Und der T-Rex?«, fragte Ben ängstlich. »Ist der denn nicht gefährlich?«

»Ja, typisch König der Dinos halt«, meinte Oskar fachkundig. »Wenn er sich bewegt, erzittert der ganze Wald.«

»Ist ja beruhigend«, erwiderte Ben und verzog keine Miene.

Prinz war schon in der Baumruine verschwunden, als die Freunde eintrafen. Als Ben Oskars Schrottfahrrad sah, wurde er blass. Er lehnte sein Fahrrad widerwillig an einen Baum, denn Oskar zog ihn in die Baumhöhle. Prinz kratzte schon eifrig an dem gigantischen Ei herum. »Hör auf!«, rief Oskar streng. »Ich habe keine Lust, die Bekanntschaft mit einem feuerspeienden T-Rex Baby zu machen.«

Bens Geduld war am Ende. Er schrie: »Was geht hier ab, Alter?«

»Pass auf«, sagte Oskar und legte seinen Arm um Bens Schulter. »Wir beide müssen jetzt einen Schlachtplan machen wie wir Tarabassini und seine Zauberkunststückchen ausrotten können. Lea ist wieder in Gefahr.«

»Tarabassini ist doch versteinert«, sagte Ben verwundert.

»Er hat ein Schlupfloch aus seiner Versteinerung gefunden und sich in einer Trinkflasche verschanzt«, erklärte Oskar. »Die steht bei mir zu Hause im Kleiderschrank. Und wenn ich Lea nicht in drei Tagen nach Hokuspokus gebracht habe, schlüpft aus diesem Ei ein feuerspeiender T-Rex.«

Ben holte tief Luft und sagte: »Was machen wir denn noch hier? Wir müssen Lea die Gefahr anvertrauen. Sie weiß bestimmt, was zu tun ist.«

»Ja, du hast recht«, stimmte Oskar zu. »Echt doof, dass mir das nicht selbst eingefallen ist.«

Seufzend stieg Oskar aufs Fahrrad und fuhr rasant los. Ben überholte ihn lachend. Prinz musste aufpassen, dass er den Anschluss nicht verlor. Ein lautes wildes Brüllen ließ die Freunde zusammenzucken. Prinz schlug einen Haken und verschwand im Dickicht.

»Prinz, bei Fuß!«, rief Oskar hilflos. Aber der Rüde war wie vom Erdboden verschwunden.

»Komm jetzt, Alter!«, rief Ben ängstlich und raste Richtung Waldausgang »Wir müssen zu Lea. Prinz taucht schon wieder auf.«

In Oskars Körper kribbelte es, als ob er in einem Ameisenhaufen sitzen würde. Als dann wieder ein unheimliches Brüllen durch den Wald schallte, strampelte er so schnell er konnte hinter Ben her.

Lea wohnte mit ihrer Mutter ganz in der Nähe von Ben. Der klingelte schon Sturm, als Oskar keuchend eintraf und rief: »Oh Mann, mit deinem Fatbike hängst du mich wie eine lahme Ente ab.«

In der Zwischenzeit war Lea bereits nach unten gekommen und sagte nervös: »Mensch, ihr jagt mir ganz schön einen Schrecken ein. Irgendetwas ist doch faul.« Sie sah die zwei Jungen mit ihren stahlblauen Augen prüfend an. Ihre blonden Haare hatte sie zu einem Pferdeschwanz zusammengebunden.

»Du bist wieder in Gefahr«, flüsterte Oskar

eindringlich. »Tarabassini hat mir eine Frist von drei Tagen gegeben, um dich nach Hokuspokus zu bringen.«

»Ich habe es nicht wahr haben wollen, dass Tarabassini wieder hinter mir her ist«, wisperte Lea traurig. »Ich habe in meinem Spiegel einen T-Rex und ein riesiges Ei gesehen. Plötzlich stand der Wald in Flammen. Ich konnte mir keinen Reim auf die Bilder machen, aber jetzt wird mir alles klar.« Lea senkte betrübt den Kopf. »Tarabassini erpresst uns mit dem König der Dinosaurier. Er hat deine Vorliebe für den T-Rex ausgenutzt, Oskar. Der Zauberer ist ein hinterlistiger Betrüger.«

»Und was machen wir jetzt?«, fragte Ben ängstlich. »Wir können doch nicht zusehen, wie unser Wald abgefackelt wird.«

»Ich muss den Spiegel holen«, sagte Lea geheimnisvoll. »Die Hexe Indra hat mir vor meiner Abreise aus Hokuspokus zugeflüstert, dass in ihm ein Orakel steckt.«

»Was soll das denn sein?«, fragte Oskar erstaunt.

»Das bedeutet, dass uns offenbart wird, wie wir die Gefahr abwenden können«, antwortete Lea. »Wartet hier. Bin gleich wieder da. Aber es gibt ein Problem.« Sie ließ die Eingangstür ins Schloss fallen.

»Lea macht es ja spannend«, sagte Ben und runzelte die Stirn.

»Also, ich rechne mit tollen Abenteuern, aus denen wir siegreich hervorgehen«, gab Oskar protzig kund, obwohl ihm die Angst im Nacken saß.

Lea kam wieder und hatte den goldenen Spiegel in der Hand. Sie schaute sich um und flüsterte: »Kommt, wir gehen auf den Hof. Da ist eine Bank.« Die drei rannten um den Wohnblock herum. Die Bank stand in einer Nische einer immergrünen Hecke.

Die zwei Jungen nahmen Lea in die Mitte und waren gespannt wie Flitzebögen. Lea legte den Spiegel, der die Form eines Herzens hatte, auf ihre Handfläche und sagte beschwörend: »Wenn ich den Spiegel aufmache und ihr schaut hinein, dann müsst ihr dem Orakel folgen, ansonsten werdet ihr in Steine verwandelt.«

»Ich dachte, die Hexe Indra meint es gut mit uns«, sagte Oskar erschrocken.

»Das tut sie auch«, entgegnete Lea, »aber der Spiegel ist ein Erbstück von Indras Mutter. Und die wollte sicher gehen, dass der Spiegel nicht in falsche Hände gerät. Deshalb habe ich euch bisher davon abgehalten, in den Spiegel zu schauen.«

»Also, sei mir nicht böse, Lea, aber ich möchte nicht in den Spiegel gucken«, legte Ben kleinlaut fest. »ich will auf keinen Fall als Stein enden.«

»Die Lösung ist einfach«, sagte Oskar und tippte sich an den Kopf. »Du guckst in den Spiegel, Lea und erklärst uns dann das Orakel.«

»Nein, du verstehst nicht«, wehrte Lea blass ab. »Das Orakel öffnet sich nur bei jemandem, der keine Zauberkräfte besitzt. Meine Zauberkräfte sind zwar in euerm Land nicht abrufbar, aber das spielt keine Rolle.«

»Warum muss alles immer so umständlich in der Welt der Zauberei sein?«, stöhnte Oskar.

Ben blieb ruhig. Lea fühlte seine Angst und schlug deshalb vor. »Es reicht ja, wenn einer von euch in den Spiegel schaut. Oskar, du eignest dich super als Orakeldeuter, weil du schon so viel Übung mit Zauberdingen hast.«

Lea schaute Oskar flehentlich an. Oskars Lippen zitterten. Er musste sich zusammenreißen, um nicht vor Angst in die Hose zu machen. Aber seine Schwäche wollte er sich nicht anmerken lassen.

Er sagte lässig: »Ich war schon lange scharf darauf, in diesen verdammten Spiegel zu glotzen. Geplatzt wäre ich fast vor Neugierde. Also her mit dem Ding.« Lea gab Oskar den Spiegel.

Ben sah auf die Uhr und sagte verstört: »Mensch, Alter, ich muss ja nach Hause. Wenn ich nicht pünktlich zum Abendbrot am Tisch sitze, nimmt mich mein Vater am Wochenende nicht mit zum Angeln.« Er stieg auf sein Fahrrad und raste davon.

»Mach's gut, Schisshase!«, rief ihm Oskar beleidigt hinterher und seufzte. »Ben hätte sich mal eine bessere Ausrede einfallen lassen können.«

»Ich wäre an Bens Stelle auch abgehauen«, wisperte Lea bedrückt. »Es wird ein gefährlicher Kampf werden, denn für Tarabassini geht es um alles oder nichts.«

»Gib mir jetzt den Spiegel«, sagte Oskar entschlossen.

Als er dann den klappbaren Handspiegel öffnete, musste er die Augen schließen, denn aus den herzförmigen Spiegelflächen schossen helle Blitze. Dann geschah etwas, womit Oskar und Lea nie gerechnet hätten. Die Blitze verwandel-

ten sich in einen Luftstrom, der Oskar erfasste
und in den Spiegel zog.

Das Orakel

Kurze Zeit später landete Oskar unsanft auf den Dielen eines kleinen Thronsaales. Er erkannte sogleich den fliegenden Teppich, der vor dem Thron lag. Mit dem Teppich war er bereits vor ein paar Monaten durch die Lüfte geflogen. So wusste er, dass er in dem unterirdischen Schloss der Hexe Indra angekommen war.

»Aua, verdammt noch mal«, rief er entrüstet und rieb sich den Po. »Was ist denn das für ein Orakelmist?«

»Pscht«, piepste es plötzlich neben Oskar. »Ich heiße dich in Hokuspokus willkommen. Du bist mal wieder auserwählt, meine Tochter vor Tarabassini zu retten.«

Oskar kannte die braungraue Ratte. Er sagte verwundert: »Königin, wieso seid Ihr wieder ein Nagetier?« Tarabassini hatte die Eltern von Lea vor Jahren verwünscht gehabt. Die Königin Hilde hatte er in eine Ratte und König Gustav in ein Einhorn verwandelt. Aber nachdem der Zauberer durch Oskars Wagemut versteinert worden war, war das Unheil vom Königspaar abgefallen.

»Ach, alles ist so entsetzlich«, fiepte die Ratte bekümmert. »Der Körper von Tarabassini ist zwar in Stein gemeißelt, aber seine Seele konnte durch ein Loch im Gestein entweichen. Und wie ich den verfluchten Zauberer kenne, hat er bestimmt bald einen Körper.«

»Ist König Gustav wieder ein Einhorn?«, fragte Oskar leise.

»Wenn ich das nur wüsste«, antwortete die Ratte unglücklich. »Ich weiß weder, wo mein Gemahl noch die Hexe Indra ist.«

»Aber die Hexe muss mir doch das Orakel weissagen«, hauchte Oskar. »Wie soll ich sonst den T-Rex besiegen?«

»Da hat Tarabassini aber tief in die Trickkiste gegriffen«, piepste die Ratte verächtlich. »Da kannst du Paläontologe spielen.«

»Paläo … was?«, fragte Oskar verdutzt.

»Die meisten Kinder sind doch interessiert an Dinosauriern und wollen herausfinden, wie diese beeindruckenden Tiere gelebt haben. Genau das wollen die Paläontologen auch«, antwortete die Ratte.

»Aber ich will kein Paläontologe oder so sein, sondern ich will das Orakel deuten«, rief Oskar ungeduldig. »Die Zeit rennt uns weg. Eigentlich müsste ich daheim Hausaufgaben machen. Falls Prinz nicht auftaucht, muss ich ihn auch noch suchen.«

»Nur Indra kennt den Ort der Weissagung«, fiepte die Ratte kläglich.

Oskar ließ den Blick auf den Teppich schweifen. »Und was ist mit der fliegenden Matte da?«, fragte er aufgeregt. »Vielleicht fliegt uns das bunte Ding zu Indra.«

»Du bist ja ein Genie, mein Junge«, piepste die Ratte aufgeregt. »Komm, setz dich auf den Teppich. Ich begleite dich natürlich. Tarabassini, dieser Teufel, muss besiegt werden.«

Oskar setzte sich mit wackeligen Beinen auf den kunstvoll gewebten Teppich, der sogleich vom Boden abhob. Die Ratte sprang auf und rief: »Bringe uns auf dem schnellsten Wege zu Indra, du fliegendes Ungetüm.«

Die Türen des unterirdischen Schlosses öffneten sich wie von Geisterhand. Der Teppich fand ohne Schlenker den Weg ins Freie. Als der Vorleger über die Waldwiese schwebte, schloss sich der geteilte Bach. Niemand würde vermuten, dass sich unter der Erde ein Schloss befand.

Jetzt rührte sich der Teppich nicht mehr von der Stelle.

»Nun flieg schon weiter, du bunter Vorleger«, rief Oskar ungeduldig. »Ich habe keine Zeit zum Trödeln.«

Der Teppich flatterte hin und her, auf und nieder. Oskar und die Ratte mussten aufpassen, dass sie nicht hinunterpurzelten.

»Der Teppich scheint nicht zu wissen, wo sich Indra aufhält«, piepste die Ratte enttäuscht.

Plötzlich erschien auf der Wiese ein Dilophosaurus mit zwei eindrucksvollen Knochenkämmen auf der Schnauze. Oskar schrie panisch: »Das ist eine Zweikamm-Echse. Sie ist ein Fleischfresser. Oh Mann, das Vieh ist so lang wie Vaters große Schiebeleiter.«

Die Ratte sprang dem verdutzten Oskar auf den Schoß. Der Dilophosaurus reckte seinen langen Hals nach vorn und glotzte neugierig. Oskar bibberte am ganzen Körper und schrie: »Hau ab, du Monster. Ich bin ein zu großer Happen für dich.«

Die Zweikamm-Echse schielte auf die Ratte, die sich hinter Oskar verkroch. Sie brüllte wie eine stotternde Posaune und rief dann: »Keine Angst, mein Junge. Tarabassini hat mich in dieses vorsintflutliche Scheusal verwandelt. Königin, Ihr braucht Euch nicht zu verstecken. Ich bin es, Indra.«

Oskar stand der Mund offen. Die Ratte lugte hervor und piepste erleichtert: »Kein Wunder, dass der Teppich nicht wusste, wohin er fliegen soll, wenn das Ziel schon erreicht war.«

»Hexe Indra, Ihr müsst mir sofort das Orakel weissagen, damit ich Lea vor Tarabassini retten kann«, rief Oskar außer sich.

»Der Ort der Weissagung ist der Steinkreis im Schlossgarten von König Gustav«, sagte die Zweikamm-Echse und wedelte aufgeregt mit ihrem langen schlanken Schwanz. »Der Teppich wird euch hinbringen. Ich werde im Steinkreis auf euch warten.«

Die Zweikamm-Echse drehte sich um und rannte auf ihren kräftigen Hinterbeinen geschwind in den Wald.

»Ich habe gelesen, dass der Dilophosaurus eine der schnellsten Urzeit-Echsen ist«, sagte Oskar wissend. »Jetzt zeig, was du drauf hast, du fliegender Vorleger. Auf zum Steinkreis.«

Der Teppich flog nach oben und dann in die Richtung, in die der Dilophosaurus gelaufen war. Bald hatte der Teppich den Dinosaurier eingeholt. Oskar schrie erregt: »Hexe Indra, Euer bunter Abtreter ist schneller als Ihr.«

Die Zweikamm-Echse ließ ein lautes rasselndes Gebrüll ertönen und preschte davon. Oskar hielt die Luft an. Als er ausgeatmet hatte, rief er belustigt: »Verdammt nochmal, da hat Indra wohl den dritten Gang eingelegt. Los, Teppich, hinterher!«

Der Teppich konnte die Zweikamm-Echse jedoch nicht mehr einholen. Als er am Steinkreis einflog, hatte der Dilophosaurus den Kopf unter seine vorderen Gliedmaßen gesteckt und schien zu schlafen. Der Teppich landete mitten in dem runden Steinkreis mit den aufrecht stehenden riesigen Steinen.

Oskar sprang vom Teppich und rief: »Hexe Indra, wacht auf. Weissagt mir das Orakel!«

Die Zweikamm-Echse hob ihren Kopf und rief: »Nun bin ich ausgeschlafen und bereit für das Orakel.« Augenblicklich verfärbte sich der doppelte Knochenkamm auf der Schnauze knallrot. Andächtig sprach der Dilophosaurus: »Wenn Tarabassini die Dinosaurier erweckt, dann ist die Erde mit einem Fluch bedeckt. Nur drei Freunde sind in der Lage, die Menschen zu befreien von der Plage. Drei Tage sind dafür Zeit, denn sonst entsteht großes Leid. Die Freunde dürfen keinesfalls streiten, denn das würde Lea Kummer bereiten. Das Dino Ei muss verbrennen im Feuer, andernfalls verbrennt euch das Ungeheuer. Der T-Rex hat ein gutes Herz, in ihm sitzt großer Schmerz. Nur der König der Dinosaurier kann Tarabassini bezwingen. Die Freunde müssen den T-Rex auf ihre Seite bringen, dann werden sie mit ihm Siegeslieder singen.«

Oskar stand der Mund offen. Er schaute die Zweikamm-Echse betroffen an. Deren doppelter Knochenkamm wurde wieder grünlich-gelb.

Die Ratte piepste aufgeregt: »Drei Tage gibt das Orakel Zeit, um die Gefahr abzuwenden. Du musst jetzt auf schnellstem Wege zurück in deine Heimat, damit der Kampf beginnen kann.«

Kaum hatte die Ratte die Worte ausgesprochen, wurde Oskar abermals von einem Luftstrom erfasst und saß im nächsten Moment wieder neben Lea auf der Bank, die den geöffneten Taschenspiegel in der Hand hielt. Die hellen Blitze, die aus den Spiegelflächen schossen, verschwanden.

Freunde

Lea schaute Oskar mit fragendem Blick an. Oskar holte tief Luft und erklärte bedrückt: »Tarabassini hat ganze Arbeit geleistet. Er hat deine Mama wieder in eine Ratte verwandelt. Leider weiß auch die Hexe Indra, die in ein Dilophosaurus verzaubert wurde, nicht, wo dein Papa ist.«

Leas Augen füllten sich mit Tränen. Sie schniefte: »Wie lautet das Orakel? Haben wir eine Chance, Tarabassini zu besiegen?«

Oskar hatte sich die Weissagung gut eingeprägt. Lea hörte genau zu, als Oskar ihr die Prophezeiung mitteilte. Sie sagte: »Du brauchst noch zwei Freunde für den Kampf gegen den Zauberer. Meinst du, dass Ben und Moritz wieder mit von der Partie sind?«

Oskar seufzte und meinte: »Woher soll ich das wissen? Moritz ist ja nicht einmal mein richtiger Freund. Ich kann ihn nicht leiden und er mich nicht.«

Moritz war ein Klassenkamerad von Oskar und Ben. Vor ein paar Wochen, als er durch einen dummen Zufall im Zauberreich Hokuspokus gelandet war, hatte er notgedrungen gemeinsam mit Oskar und Ben gegen Tarabassini gekämpft. Aber dicke Freunde sind die drei dadurch nicht geworden.

»Morgen ist Tag eins des Orakels«, hauchte Lea. »Wir sehen uns in der Schule. Dann denken wir uns einen Schlachtplan aus.«

Oskar schaute auf die Uhr. Es war schon spät. Er sprang auf und rief: »Ich hoffe, meine Eltern rasten nicht gleich aus, weil ich das Abendbrot verpasst habe. Mach's gut.«

Er rannte um den Wohnblock und schnappte sich das pinke Fahrrad. So schnell er konnte, radelte er nach Hause. Als Oskar die Eingangstür aufschloss, ahnte er nichts Gutes. Kein lautes Bellen empfing ihn. Mucksmäuschenstill war es, bis die Stimme seines Vaters wie Donnergrollen durchs Haus peitschte: »Oskar, komm sofort ins Wohnzimmer!«

Mit Bauchgrummeln begab sich Oskar in das geräumige Wohnzimmer. In dem weißen Kaminofen prasselte friedlich das Feuer vor sich hin.

»Vati, ich hatte ein Fahrradpanne. Die Kette war abgesprungen. Lea und Ben haben mir bei der Reparatur geholfen«, log Oskar und wurde rot.

»Du lügst doch wie gedruckt, mein Sohn«, sagte der Vater böse. »Wo ist Prinz?«

»Er ist mir im Wald entwischt«, antwortete Oskar mit gesenktem Blick. »Ich dachte, dass er nach Hause gelaufen ist.«

»Du hast für den Rest der Woche Stubenarrest«, ordnete der Vater an. »Deinen Laptop stellst du vor deine Tür. Den siehst du vorläufig nicht wieder.«

Oskar schlich bedrückt die Treppe hoch. Dass Prinz verschollen war, machte ihn traurig. Der Rüde war sein ein und alles. Nach dem Zähneputzen legte er sich erschöpft in sein Bett. Aber einschlafen konnte er nicht. Er wälzte sich von einer Seite auf die andere. Gähnend stand er auf und öffnete den Kleiderschrank. Oskar wollte die Trinkflasche hervorholen. Aber sie war verschwunden. Plötzlich hörte er das schaurige Lachen Tarabassinis. Er rief höhnisch: »Du bist dümmer als ich dachte. Die Trinkflasche war doch nur ein Scherz, damit du ein wenig Unterhaltung hast. Ich habe zwar noch keinen Körper, aber meine volle Kraft.«

»Dann kannst du mir auch sagen, wo Prinz ist«, entgegnete Oskar gereizt.

»Ja, das kann ich, ha, ha, ha«, lachte der Zauberer abscheulich. »Es wird dir nicht gefallen. Prinz ist in meiner Obhut, um deine Anstrengung zu beschleunigen, mir Lea auszuliefern.«

»Du bist ein Teufel!«, rief Oskar schluchzend. Er war dem Zauberer hilflos ausgeliefert. Im Moment hatte er auf den ganzen Schlamassel keine Antworten parat. Kraftlos legte er sich abermals in sein Bett und schlief sofort ein.

Am nächsten Morgen sah die Welt schon wieder anders aus. Oskar war voller Tatendrang. Er rief nach Tarabassini. Als er das gruselige Lachen des Zauberers vernahm, rief er: »Tarabassini, wenn ich dir Lea aushändigen soll, dann musst du meinen Stubenarrest wegzaubern!«

»Nichts leichter als das, ha, ha, ha«, entgegnete der Zauberer. »Deine Mutter hat andere Sorgen als dein Stubenarrest, ha, ha, ha.«

Oskar schlich sich mit seinem Ranzen die Treppe hinunter. Seine Mutter telefonierte. Er hörte wie sie stotternd sagte: »Ein Ty … Tyrannosaurus Rex hat tatsächlich die Schafe geholt.

Ich dachte, die Geschichte mit den Dinos wäre nur ein Scherz gewesen.«

Als Oskar die Küche betrat, legte die Mutter verstört das Telefon hin. Sie schaute Oskar an und sagte: »Guten Morgen, mein Junge. Hier ist dein Frühstück. Ich muss los.« Sie drehte sich im Gehen um und rief: »Dein Stubenarrest ist aufgehoben. Suche nach der Schule Prinz.«

Oskar schlang sein Müsli hinunter und schulterte seinen Ranzen. Lara betrat die Küche und sagte verächtlich: »Dein Köter ist also immer noch auf Wanderschaft. Wie erlösend.«

»Du bist einfach nur blöd«, entgegnete Oskar wütend und verließ das Haus.

Er rannte zu Bens Wohnhaus. Sein Freund erwartete ihn schon. »Mensch, Alter«, empfing er Oskar aufgelöst, »mein Vater wurde heute Morgen schon aufs Revier geholt. Irgendwie hat die Polizei vom T-Rex erfahren.«

»Auch das noch«, stöhnte Oskar. »Aber wir müssen uns mit dem T-Rex verbünden, wenn wir Lea vor Tarabassini retten wollen.«

»Hä, wie soll das denn gehen?«, fragte Ben entsetzt. »Die Polizei wird jetzt Jagd auf den T-Rex machen. Die schalten bestimmt das Spezialein-

satzkommando ein. Die haben Maschinenge-
wehre.«

»Wir müssen verhindern, dass der T-Rex getö-
tet wird«, sagte Oskar eindringlich, »sonst geht
es uns allen den Kragen. Komm jetzt. Wir müssen Pläne schmieden.«

Ben seufzte und rannte hinter Oskar her. Sie
trafen kurz vor der Schule auf Lea, die sich an-
geregt mit Moritz unterhielt. Schnell mischte
Oskar sich ein: »Morgen, was gibt es Neues?«

»Morgen, Igelchen!«, rief Moritz spöttisch.
»Hab gehört, dass sich ein T-Rex in unserem
Wald herumtreiben soll. Endlich ist mal was los
in unserem Kaff.«

»Der T-Rex ist auf Tarabassinis Mist gewach-
sen«, entgegnete Oskar gereizt. »Wir drei Jungs
müssen Freundschaft mit dem T-Rex schließen,
dann wird alles gut.«

»Ich höre wohl nicht richtig, Igelchen«, rief
Moritz entrüstet und zeigte Oskar einen Piep.
»Da kannst du dir aber einen anderen Dummen
suchen. Komm jetzt, Lea, das Igelchen hat nicht
mehr alle Tassen im Schrank.«

»Warte mal«, stoppte Lea Moritz. »ich muss dir was sagen. Tarabassini hat Oskar eine Frist von drei Tagen gegeben. Bis dahin muss er mich nach Hokuspokus gebracht haben, ansonsten geschieht den Menschen Unheil. Und es gibt da ein Orakel, was voraussagt, dass es nur drei Freunde schaffen, Tarabassini zu besiegen.«

Moritz stand wie ein begossener Pudel da und stotterte: »Jetzt ... jetzt soll ich wohl einer von den Freunden sein. Ich kann Igelchen aber nicht ausstehen.«

»Das weiß das Orakel aber nicht«, entgegnete Lea und sah Moritz bittend an. »Du hast doch vor ein paar Wochen bewiesen, dass du mutig bist.«

»Na ja, geht so«, sagte Moritz kleinlaut, denn er hatte sich damals in Hokuspokus meist geschickt aus den Kämpfen herausgehalten.

»Mich fragt wohl erst gar keiner, ob ich wieder gegen diesen doofen Zauberer antreten will«, mischte sich Ben unfreundlich ein. »Ich habe nämlich gar keinen Bock, Mitspieler im Jurassic Park zu sein.«

»Bitte helft mir, Jungs«, bettelte Lea und faltete

die Hände wie zum Gebet. »Oskar wird versteinert, wenn das Orakel nicht erfüllt wird.«

Ben gab sich einen Ruck. Er klopfte Oskar auf die Schulter und sagte: »Mensch, Alter, wahre Freunde helfen sich gegenseitig. Ich lasse dich nicht im Stich. Und dich auch nicht, Prinzessin Lea.«

Moritz hatte seine Hände tief in den Hosentaschen vergraben und stocherte mit dem Schuh in der Erde herum. Nach einer Weile hob er den Kopf und sagte: »Also gut. Ich will kein Spielverderber sein. Ich bin dabei.«

Über Leas Gesicht huschte ein Lächeln.

Der Tyrannosaurus Rex

In der Hofpause suchten sich die vier eine ruhige Ecke, um einen Plan für den ersten Tag des Orakels zu schmieden.

»Hat einer schon eine Idee wie wir den T-Rex überreden können, uns zu helfen?«, fragte Lea.

»Wir müssen auf jeden Fall den T-Rex schnell auf unsere Seite bekommen, denn sonst frisst er Prinz auf«, antwortete Oskar traurig.

»Wieso denn das?«, fragte Ben erschrocken.

»Weil Tarabassini Prinz gefangen hält«, antwortete Oskar leise.

»Mensch, Alter«, sagte Ben und legte Oskar seinen Arm auf die Schulter. »Das tut mir leid.«

»Was haltet ihr davon, wenn wir nach der Schule zu der alten Baumhöhle gehen«, schlug Oskar vor und klopfte Ben freundschaftlich auf die Schulter. »Dort liegt das Ei vom T-Rex. Das Riesending wird uns helfen, um mit dem König der Dinos in Kontakt zu kommen.«

»Du stellst dir das ziemlich einfach vor«, wiegelte Moritz ab. »Vielleicht gibt es noch mehr Eier.«

»Hast du eine bessere Idee?«, fauchte Oskar.

»Nee, habe ich nicht«, antwortete Moritz bockig.

»Jungs, streitet nicht. Vielleicht haben wir tatsächlich an der alten Baumkrücke eine Erleuchtung«, stimmte Lea zuversichtlich zu.

Kaum war der Unterricht zu Ende, stürmten die Klassenkameraden aus der Schule heraus und rannten in den Wald. Außer Atem erreichten sie die Baumhöhle. Sie schmissen als Erstes ihre Ranzen ins Gras.

Oskar betrat die Baumruine und schrie entsetzt: »Das Ei ist weg, verdammt noch mal!«

»Zeig her, Alter!« Ben spähte nervös in die verwitterte Baumhöhle. »Tatsächlich, das riesige Tic Tac ist verschwunden.«

Plötzlich erzitterte der Wald. Mächtiges Getrampel kam auf sie zu. Ein lautes Brüllen ließ die Kinder zusammenzucken. Moritz wisperte angsterfüllt: »Der T-Rex kommt. Was sollen wir jetzt tun?«

»Versteckt euch in der Baumhöhle«, bestimmte Oskar aufgekratzt. »Ich fange den Giganten ab. Mir wird schon etwas einfallen.«

»Mensch, Alter«, sagte Ben besorgt. »Das kann ins Auge gehen.«

Plötzlich tauchte der riesige Schädel des T-Rex zwischen den Baumkronen auf. Seine massiven Zähne funkelten in der Frühlingssonne. Ben, Moritz und Lea waren schlagartig in der Baumhöhle verschwunden. Oskar stand wie versteinert da und schaute mit offenem Mund nach oben. Jetzt half nur noch ein Gedankenblitz. Tatsächlich schoss Oskar eine großartige Idee durch den Kopf. Er fasste in seine Hosentasche und holte sein blütenweißes Taschentuch heraus. Seine Mutter achtete immer darauf, dass er ein sauberes Stofftaschentuch bei sich hatte. Nun konnte er es als Symbol des Friedens benutzen.

Oskar schwenkte das weiße Stofftuch hin und her. Er rief: »He, König der Dinosaurier, ich will dir ein Angebot machen. Bitte friss mich nicht auf. Du würdest es sehr bereuen.«

Der T-Rex schaute Oskar verblüfft an und fuchtelte unschlüssig mit seinen kurzen Armen herum.

»Was hältst du davon, wenn wir Freunde werden?«, fragte Oskar mutig. »Wenn wir Tarabassini besiegt haben, lege ich bei König Gustav und Königin Hilde ein gutes Wort für dich ein. Dann kannst du in Hokuspokus friedlich leben.«

Der T-Rex ließ ein posaunenartiges lautes Gebrüll ertönen. Sein weit aufgerissenes Maul mit den langen Zähnen, die wie auf einer Perlenkette aufgereiht blitzten, war furchterregend. Die kleinen Augen des Giganten funkelten bedrohlich. Oskar bibberte nun am ganzen Körper.

»Ich verspreche dir die besten Fleischhappen, wenn du uns hilfst, den Zauberer zu besiegen«, rief Oskar heiser. Seine Stimme drohte zu versagen.

»Der Zauberer ist es, der mich mit saftigen Lämmchen versorgt«, brüllte der T-Rex, »und als Leckerbissen bekomme ich einen Hund. Auf den bin ich unwahrscheinlich gierig. Was hast du Würmchen mir schon zu bieten?«

Der Speichel des T-Rex tropfte Oskar auf den Kopf. Er schüttelte sich angewidert und schrie verächtlich: »Lämmer und ein Hund für den König der Dinos! Ich weiß, dass deine Lieblingsspeise Dickkopfechsen sind.«

Der T-Rex schielte mit schiefem Kopf auf Oskar hinunter, während sein Speichel nun in Rinnsalen lief. Er brüllte: »Aber wehe dir, wenn du mich reinlegst. Dann bist du meine Zwischenmahlzeit!«

Oskar musste sich nun schnell etwas einfallen lassen, woher die Dickkopfechsen, die etwa so groß wie ein Hühnchen waren, herkommen sollten. Plötzlich hörte er Leas schrillen Schrei aus der Baumhöhle schallen. Wie ein Torpedo sprengte sie hinaus, gefolgt von Ben und Moritz. Dahinter preschten, aufgereiht wie Zinnsoldaten, kleine Dinos hervor. Jeder der kleinen Pflanzenfresser wog etwa nur so viel wie ein Beutel Zucker. Nach etwa 80 der Leckerbissen, die der T-Rex wie am Fließband verspeist hatte, rülpste er blechern. Die kleinen Pflanzenfresser schwärmten nun in den Wald aus.

»Mensch, Alter, halte den Heuschreckenschwarm der Dinos auf«, rief Ben erschrocken. »Die fressen doch den Rehen alles weg.«

»Stopp!«, befahl Oskar und hielt seine Handfläche nach oben. Und schon hielt der Zug der Dinos an und verschwand. Oskar staunte selbst über seine zauberhaften Fähigkeiten.

»Wow, Igelchen, du bist ja ein richtiger Zauberlehrling!«, rief Moritz spöttisch.

»Lass mich bloß mit deinen blöden Sprüchen in Ruhe«, entgegnete Oskar gereizt.

»Jungs, gebt Ruhe«, fuhr Lea dazwischen. »Wir müssen zusammenhalten.«

»Was erwartest du als Dank für die Fleischhäppchen?«, brüllte da der T-Rex.

»Ich möchte das Ei haben, das in der Höhle lag«, antwortete Oskar kühn.

»Meinen Nachwuchs bekommt niemand«, brüllte der T-Rex und schlug mit seinem fünf Meter langen Schwanz um sich. Einige Bäume wurden durch die Wucht des Hiebes entwurzelt.

»Wir hatten ein Abkommen, du Vielfraß!«, rief Oskar erbost.

»Helfen sollte ich euch, den Zauberer zu besiegen«, brüllte der T-Rex. »Das Ei ist aber meine Kostbarkeit.«

Oskar musste sich etwas einfallen lassen. Verzweifelt schrie er seine Klassenkameraden an: »Sagt doch auch mal was! Steht nicht wie Ölgötzen da!«

»Das Ei, Herr T-Rex, soll … soll«, stotterte Ben verlegen, »soll der Hit von unserer Dinosaurierausstellung in der Schule werden. Das … das ist eine Ehre für … für das Ei.« Auf Bens Stirn glitzerten Schweißperlen. Er holte tief Luft.

Moritz Mund stand offen. Gerade wollte er sich über den Einfall lustig machen, als der T-Rex brüllte: »Einverstanden mit der Abmachung. Ruhm zu haben, ist zum Vorteil. Aber das Ei darf nicht beschädigt werden. Mein Baby wird dieser Tage schlüpfen.«

Der Gigant stampfte in den Wald, um sein kostbares Gut aus dem Versteck zu holen. Oskar klopfte Ben auf den Rücken und lobte ihn. »Cooler Einfall. Selbst den König der Dinosaurier kann man mit Schmeichelei bezirzen.«

»Aber wohin wirklich mit dem Ei und seinem gefährlichen Inhalt?«, fragte Moritz unsicher.

»Am besten, wir bringen das Ei tatsächlich zur Schule«, sagte Lea bestimmt. »Der T-Rex wird uns beobachten. Wir können uns keinen Fehler erlauben. Das ist lebensgefährlich.«

Im selben Augenblick stand der T-Rex mit dem Ei wieder vor ihnen und brüllte: »Hier ist meine Kostbarkeit. Ich lege es dir, Stachelhaar, in deine Arme. Wenn du es fallen lässt, zertrete ich dich wie eine Laus.«

Der T-Rex bückte sich zu Oskar hinunter und überreichte ihm das Ei. Oskar blies seine Wangen auf. »Vorwärts zur Schule«, sagte er keuchend. »Aber wir müssen das Ei alle bugsieren. Das Riesending wiegt bestimmt so viel wie Prinz. Und der wiegt fünfzehn Kilo.«

»Wenn ihr mein Ei fallen lasst, ist euer Leben Geschichte, ihr Würmer«, brüllte der T-Rex und verschwand im Wald.

Der Streit

Die drei Jungen trugen ächzend das riesige Ei durch den Wald. Moritz lief in der Mitte. Lea ging voraus, um den Weg abzuchecken. Sie durften mit dem Dino Ei nicht entdeckt werden.

»Wir müssen das Ei verbrennen«, sagte Oskar schnaufend. »So will es das Orakel.«

»Mensch, Alter!«, rief Ben. »Wie stellst du dir denn das vor? Wir können doch nicht einfach auf dem Schulhof ein Feuer legen.«

»Immer soll ich auf alles die perfekte Antwort haben«, moserte Oskar und passte einen Moment nicht auf. Ihm rutschte das glatte Ei aus den Händen.

Ben und Moritz konnten das Ei nicht mehr auffangen. Es plumpste zu Boden. Zickzack Risse durchzogen es.

»Igelchen, du bist ein Versager!«, rief Moritz gereizt und spuckte auf das Ei.

»Das sagst du Großkotz nicht noch einmal zu mir«, schrie Oskar und schubste Moritz zu Boden.

Moritz rappelte sich blitzschnell nach oben. Er trat Oskar gegen sein Schienbein. Oskar konnte sich nicht auf den Beinen halten und stürzte auf das Ei. Daraufhin gab die Schale nach. Der Baby T-Rex, der in seinem Ei friedlich geschlafen hatte, hob erstaunt seinen Kopf.

Ben schrie: »Das habt ihr nun von eurer Streiterei. Wer weiß, was jetzt passiert. Vielleicht müssen wir jetzt sterben.«

Da schnellte der Baby T-Rex blitzartig aus der Eierschale heraus, gab ein paar trompetenartige Laute von sich und flüchtete ins Unterholz.

Lea holte tief Luft und sagte: »Das Baby läuft zu seiner Mama. Hoffentlich zündet der Kleine nicht den Wald an.«

»Mir reicht es jetzt«, meckerte Moritz. »Auf meine Hilfe müsst ihr leider verzichten.« Er rannte weg.

»Mensch, Alter«, rief Ben. »Ich habe Muffensausen. Ich gehe jetzt auch heim.«

Oskar stand jetzt mit Lea allein vor dem zerbrochenen Dino Ei. Ihm war hundeelend zumute.

»Weißt du, Oskar, das Beste wird sein, du lieferst mich Tarabassini aus«, hub Lea leise an. »Dann sind alle Probleme gelöst.«

»Solange Tarabassini nicht besiegt ist, sind gar Probleme gelöst«, erwiderte Oskar zerknirscht. »Aber heute können wir nicht mehr viel ausrichten. Es ist schon spät. Wir sollten auch nach Hause gehen.«

Als Oskar heimkam, rannte er schnell in sein Zimmer. Aber seine Mutter hatte ihn gehört und rief: »Oskar, mein Schatz, wir essen gleich Abendbrot. Komm bitte in die Küche, wenn du dich gewaschen hast.«

»Ja, Mama!«, rief Oskar und schloss schnell seine Kinderzimmertür. Er kramte in seinem Kleiderschrank. Tatsächlich, die Trinkflasche war wieder da. Mit zittrigen Händen öffnete er sie. Jedoch erschien weder blauer Rauch noch Tarabassinis schaurige Stimme. Oskar seufzte. Er konnte nichts mehr tun.

Während des Abendbrots war es ziemlich still am Tisch. Oskar schaute die Mutter prüfend an, die schweigend an ihrem Brot kaute. Dann hielt es Oskar nicht mehr aus und fragte: »Warum sagt denn keiner was?«

»Es gibt Ärger, mein Junge«, antwortete der Vater und blickte auf. »Ben hat seinem Vater alles erzählt. Nun berät die Polizei, wie sie den T-Rex und sein Baby aufspüren und beide vernichten können.«

»Aber das macht doch die ganze Sache noch viel schlimmer«, sagte Oskar erschrocken. »Der T-Rex muss unser Freund werden im Kampf gegen Tarabassini. So hat es das Orakel geweissagt. Tarabassini muss mit Hilfe des T-Rex besiegt werden, ansonsten ist Lea nie sicher. Der Baby T-Rex kann Feuer speien. Er wird alles in Brand setzten.«

»Das muss ich gleich alles der Polizei mitteilen«, rief der Vater aufgeregt. »Und von welchem Orakel hast du gesprochen?«

»Die Hexe Indra hat orakelt, wie ich Lea vor Tarabassini retten kann«, antwortete Oskar kleinlaut. Ihm passte es gar nicht, dass er mit der Sprache rausrücken musste.

»Du kommst mit aufs Polizeirevier, mein Sohn«, bestimmte der Vater und stand auf. »Da kannst du auch gleich eine Vermisstenanzeige für Prinz aufgeben.«

»Ich weiß ja, dass der Gauner Tarabassini Prinz gefangen hält, um mich zu erpressen«, sagte Oskar zerknirscht. Er legte sein angefangenes Brot auf den Teller und erhob sich ebenfalls. Er hatte sowieso keinen Hunger.

Der Vater zog sich seine Jacke an und griff nach dem Autoschlüssel. Dann passierte etwas, womit niemand gerechnet hätte. Blauer Qualm erschien und Tarabassini tauchte genau vor dem Vater auf. Der ließ vor Schreck den Autoschlüssel fallen. Tarabassini lachte schaurig. Im selben Moment war der Vater bewegungsunfähig, genau wie Lara und die Mutter. Nur Oskar war quicklebendig.

»So, du Held, jetzt wirst du auf dem Polizeirevier anrufen und bestellen, wenn nicht augenblicklich die Pläne zur Vernichtung des T-Rex und seinem Babys fallengelassen werden, ist die Polizeiwache nur noch ein Aschehaufen«, ordnete Tarabassini barsch an und verschwand.

Oskar stand in der blauen Rauchwolke und zitterte. Mit schweißnassen Händen wählte er 110.

Er ließ sich mit Bens Vater verbinden und warnte ihn vor der Gefahr.

Bens Vater hörte Oskar geduldig zu. Er versprach, dass er versuchen würde, das Spezialeinsatzkommando noch zu stoppen.

Aber die Information kam zu spät. Der Trupp der gut ausgebildeten und bewaffneten Männer war schon im Wald unterwegs.

Oskar fühlte, dass er sich etwas einfallen lassen musste, um das Schlimmste zu verhindern. Er legte den Telefonhörer hin und überlegte einen kurzen Moment. Dann rief er: »Hexe Indra, ich brauche deine Hilfe. Ansonsten speit der Baby T-Rex Feuer.«

Oskar sah etwas im Fenster flackern. Ihm stockte der Atem, als er die hohen Flammen sah, die wie garstige Kobolde über den Baumwipfeln tanzten. Schon waren die Sirenen der Feuerwehr zu hören.

Plötzlich platschten riesige Regentropfen an die Fensterscheiben. Ein heftiger Wolkenbruch beendete das Feuerdrama im Wald. Oskar nahm die schwarzen Rauchwolken wahr, die wie dunkle Vorhänge den Wald bedeckten. Dann zuckte er erschrocken zusammen. Er hörte Schüsse.

»Hexe Indra, bitte lass noch ein Wunder geschehen«, rief Oskar bettelnd und streckte seine Hände bittend nach oben. »Verschone den T-Rex. Er muss doch unser Freund werden.«

Oskar zuckte abermals zusammen, denn es klingelte an der Tür Sturm. Seine Eltern und Lara erwachten aus der Erstarrung. Lara konnte nun endlich herzhaft in ihr Salamibrot beißen.

Noch bevor Oskar einen Schritt zur Tür machen konnte, riss sie der Vater auf.

Bens Vater stand davor und sagte: »Leider konnte ich den Einsatz des Spezialkommandos nicht mehr verhindern. Meine Kollegen haben den Baby T-Rex auslöschen können, nachdem er den Wald in Brand gesetzt hatte. Den Tyrannosaurus haben sie noch nicht niedergestreckt. Aber es ist nur noch eine Frage der Zeit. Dann können sich die Paläontologen mit ihm und seinem Nachwuchs auseinandersetzen.«

»Bitte pfeifen Sie das Spezialeinsatzkommando zurück«, rief Oskar eindringlich. »Der T-Rex ist unser Freund.«

»Mein Vorgesetzter hat mich ausgelacht«, rief Bens Vater aufgebracht. »Das Raubtier muss eliminiert werden, basta.«

In dem Moment kam ein anderer Polizist angerannt und rief: »Polizeiobermeister, wir sollen uns sofort zurückziehen. Befehl von ganz oben.«

»Und der T-Rex?«, fragte Bens Vater erstaunt.

»Ich soll nur den Befehl weitergeben«, antwortete der Polizist und ging schulterzuckend wieder.

Bens Vater schaute Oskar an und meinte: »Da

scheint dein Wunsch vorerst in Erfüllung gegangen zu sein. Dann gute Nacht.«

Oskar holte tief Luft und sagte: »Ich gehe jetzt in mein Bett. Morgen schreiben wir eine Klassenarbeit in Mathematik.«

»Gute Nacht, mein Junge«, sagte der Vater gedankenversunken. »Machst du dir denn keine Sorgen um Prinz?«

Oskar wurde es bei der Frage unbehaglich zumute. »Doch, Vati«, antwortete er mit hängenden Schultern, »aber ich habe das Gefühl, dass Prinz bald wieder auftaucht.«

»Es ist eine verrückte Zeit«, sagte der Vater und kratzte sich am Kopf, »wollen wir hoffen, dass du recht hast.«

Der zweite Tag des Orakels

Am nächsten Morgen war Oskar schon fünf Uhr wach. Schweißgebadet stand er auf und zog sich an. Er lief aus dem Haus, als gerade die Sonne aufging. Noch vor der Schule zog es ihn in den Wald, um den T-Rex zu treffen. Er holte Laras pinkes Fahrrad aus der Garage und sauste zum Waldeingang. Es war gefährlich, den König der Dinosaurier aufzusuchen, weil der Baby T-Rex nicht mehr lebte. Aber Oskar hatte keine Wahl. Er musste das Orakel erfüllen. Ansonsten erwartete ihn ein Leben als Stein.

Die goldene Junisonne schickte ihre Strahlen durch die frischen Laubblätter. Lichtpunkte zauberten magische Muster auf den ergrünten Waldboden. Oskar radelte keuchend zur Baumhöhle. Das Fahrrad und den schweren Ranzen ließ er achtlos fallen. Er spähte gespannt in die Baumhöhle. Vielleicht gab es ja noch mehr Eier. Aber er wurde überrascht, denn Prinz stand zitternd in der Baumhöhle.

»Prinz, mein lieber Prinz«, rief Oskar erfreut, »du bist hier. Ich bringe dich nach Hause.« Oskar kniete sich zu dem Rüden hinunter. Der leckte ihm über die Hand. Da bemerkte Oskar erschrocken, dass Prinz mit einer Eisenkette angepflockt war.

»Oh nein!«, schrie Oskar entsetzt. »Du sollst das Frühstück für den T-Rex sein.« Verzweifelt zog Oskar an der Kette. Prinz winselte kläglich. Instinktiv spürte er, dass es besser war, kein Bellkonzert anzustimmen.

Schlagartig bebte der Wald von den schweren Schritten des T-Rex. Oskar stellte sich mit wackeligen Beinen vor Prinz. Jedoch nützte das nicht viel, denn der T-Rex entwurzelte schnaubend die alte Baumhöhle mit einem gezielten Tritt seines mächtigen Hinterbeines. Prinz jaulte auf und riss an seiner Kette herum.

Oskar zitterte am ganzen Körper. Der T-Rex schien sehr wütend zu sein.

»Du hast mein Ei auf dem Gewissen«, tobte der T-Rex böse. »Tarabassini hat mir deinen Hund versprochen, nun bist du meine Vorspeise.« Kein Wort brachte Oskar hervor, als der T-Rex sich bückte und ihn ergriff.

»Hexe Indra, rette mich!«, brach es plötzlich aus Oskar hervor. Kaum hatte Oskar die letzte Silbe ausgesprochen, ließ ihn der T-Rex wie eine heiße Kartoffel fallen. Stöhnend rappelte sich Oskar wieder hoch. Der T-Rex aber würgte krampfhaft und musste sich dann heftig übergeben.

»Igittigitt!«, rief Oskar und schüttelte sich angewidert. Aber er war sehr froh, dass der T-Rex plötzlich einen verdorbenen Magen hatte. Das war seine Rettung.

Der T-Rex guckte ganz blöde drein. In seinem massigen Körper brodelte und blubberte es wie in einem siedenden Wasserkocher. Das war die Gelegenheit für Oskar, um mit dem T-Rex einen Pakt zu schließen.

»Oh, du armer Dino«, säuselte Oskar mitleidig. »Da scheint dir aber etwas nicht bekommen zu sein. Soll ich dir Mamas Magentropfen besorgen?«

Der T-Rex rieb sich mit seinen Fingern den Bauch und brüllte: »Wenn du mir etwas gibst, was gegen das Dröhnen in meinem Bauch hilft, will ich dein Freund sein.« Er krümmte sich vor Schmerzen.

»Befreie Prinz von der Kette«, rief Oskar mutig. »Dann sause ich nach Hause und bin mit den Tropfen gleich wieder hier.«

Der T-Rex bückte sich und zerriss die Metallkette, mit der Prinz angepflockt war, wie einen dünnen Bindfaden. Prinz galoppierte sofort los. Oskar stieg auf Laras Fahrrad und trat kräftig in die Pedale.

Zum Glück war es noch ruhig im Haus, als Oskar leise die Tür aufschloss. Prinz rannte pfeilschnell unter die Treppe und versteckte sich dort. Oskar schlich in die Küche, wo der Medizinschrank an der Wand hing. Zum Glück hatte er seine Mutter einmal beobachtet, wo sie den Schlüssel aufbewahrte. Leise zog er das Besteckfach auf und hob den Einsatz an. Er nahm den Schlüssel heraus und öffnete den Medizinschrank. Ganz vorsichtig entnahm er die zwei Fläschchen mit Magentropfen. Er schlich sich wie ein Einbrecher aus dem Haus und radelte flugs in den Wald zurück.

Als er den T-Rex fand, stand dieser gebückt mit heraushängender Zunge da und stöhnte. Oskar schraubte den Verschluss der Magentropfen ab und rief: »Hier kommt deine Rettung.« Der T-Rex griff gierig nach dem Fläschchen und goss sich den Inhalt in seinen Rachen. Kurz darauf rülpste er wie ein knatternder Traktor. Oskar hielt ihm das zweite Fläschchen hin. Nachdem der T-Rex diese Tropfen geschluckt hatte, streichelte er sich über seine Wampe, rülpste noch einmal so laut wie ein Silvesterknaller und brüllte: »Jetzt geht es mir wieder gut. Nun bin ich dein Freund.«

»Hilf mir, Tarabassini zu besiegen«, rief Oskar. »Dann kannst du in Hokuspokus bis an dein Lebensende glücklich leben.«

»Was kann ich für dich tun, mein Freund?«, fragte der T-Rex eifrig.

»So genau weiß ich das noch nicht«, antwortete Oskar nachdenklich. »Ich komme nach der Schule mit meinen Freunden zu dir, um einen Schlachtplan zu machen.«

»Gut, mein Freund, ich erwarte euch hier«, brüllte der T-Rex und verschwand im dichten Wald.

Oskar sah ihm mit gemischten Gefühlen hinterher, denn er wusste nicht, ob er dem Giganten vertrauen konnte. Als die schweren Schritte verklungen waren, schulterte Oskar seufzend seinen Ranzen und stieg aufs Fahrrad.

Kurz vor der Schule traf er auf Ben, Moritz und Lea. Sie diskutierten lautstark miteinander. Als

Oskar angeradelt kam, verstummten sie augenblicklich.

»Morgen!«, rief Oskar und stieg vom Fahrrad. Seine Klassenkameraden grüßten nicht zurück, sondern schauten ihn nur vorwurfsvoll an.

»He, was ist los?«, fragte Oskar genervt.

»Mensch, Alter!«, rief Ben wütend. »Wohin soll die Dino Jagd noch führen? Mein Vater ist verzweifelt, weil er vom Dienst abberufen wurde.«

»Und meine Mutter hatte gestern eine Panikattacke, weil das Feuer unseren Gartenzaun niedergemäht hat und fast das Haus erreicht hätte«, schrie Moritz. »Wir mussten die Nacht bei Bekannten verbringen.«

»Du musst mich Tarabassini ausliefern«, mischte sich Lea ein. »Es ist schon genug Unglück passiert.«

»Nein, Lea«, rief Oskar aufgebracht. »Der T-Rex ist jetzt mein Freund. Nach der Schule gehen wir zu der alten Baumhöhle und schmieden Pläne mit dem T-Rex. Ich muss das Orakel erfüllen, sonst habt ihr einen Stein als Freund.«

»Ein Stein mit Igelhaaren«, witzelte Moritz. »Mal was anderes.«

»Ich hasse dich, du aufgeblasener Angeber!«,

schrie Oskar entrüstet und stürzte sich auf Moritz.

Plötzlich wurde es stürmisch. Lea wurde unvorbereitet von einer Böe erfasst und verschwand in einem Luftwirbel, der immer höher in den Himmel stieg und bald am Horizont verschwunden war.

»Das habt ihr jetzt davon, ihr Streithammel«, regte sich Ben auf. »Ihr geht aufeinander los und Lea muss dafür büßen.«

»Ach, halt's Maul!«, rief Moritz aufbrausend. »Ich hasse euch.« Er lief auf den Schulhof.

»Mensch, was sagen wir Frau Wagner, wenn sie nach Lea fragt?«, überlegte Oskar erschrocken.

»Wir sagen einfach, dass sie krank ist«, antwortete Ben gereizt und rannte los.

Oskar holte tief Luft und fuhr zum Fahrradständer.

In der Mathematikstunde konnte sich Oskar nicht auf die gestellten Aufgaben der Klassenarbeit konzentrieren. Statt Ergebnisse auszurechnen, schrieb er in alle Lösungskästchen ›Lea‹. Als Frau Wagner seine Klassenarbeit einsammelte, sagte sie entsetzt: »Das wird eine Sechs. Ich werde mir deine Eltern einladen müssen.«

Oskar schaute verwirrt auf. Er war so in seinen Gedanken versunken, dass ihm die Klassenarbeit völlig egal war. Ben und Moritz grinsten hämisch.

Nach Schulschluss wartete Oskar auf Ben und Moritz. Seine Klassenkameraden beachteten ihn nicht und gingen extra in eine andere Richtung. Oskar fuhr den beiden aufgebracht hinterher und rief: »Wartet mal, ihr Drückeberger, wir müssen jetzt den T-Rex an der Baumhöhle treffen. Das Orakel muss erfüllt werden.«

»Wir können Lea sowieso nicht mehr retten, Igelchen«, rief Moritz mürrisch. »Sicher ist sie nach Hokuspokus geflogen.« Er rannte weg.

Ben stocherte verlegen mit seinem Schuh in der Erde herum. Er schaute Oskar nicht an, als er sagte: »He, Alter, tut mir leid, aber ich bin raus aus der Dino Jagd. Viel Glück.« Er eilte Moritz hinterher.

Oskar fühlte sich elend. Traurig stieg er aufs Fahrrad und fuhr in den Wald. Als er an der umgestoßenen Baumhöhle ankam, war vom T-Rex weit und breit keine Spur zu sehen. Er harrte über Stunden aus. Aber der König der Dinosaurier tauchte nicht auf. Verzweifelt, hungrig und durstig radelte Oskar gegen Abend nach Hause.

Oskar wird zum Stein

Oskar betrat leise das Einfamilienhaus. Aber seine Ankunft blieb nicht geheim, denn Prinz rannte bellend auf ihn zu. Der Rüde sprang Oskar wild an und leckte ihm das Gesicht ab. Oskar schubste seinen Hund unwirsch weg und wollte in sein Zimmer rennen. Aber der Vater rief: »Komm sofort in die Küche, mein Sohn. Wir warten schon ewig auf dich.«

Mit hängenden Schultern betrat Oskar die Küche. »Wo treibst du dich den ganzen Tag herum?«, fragte der Vater ärgerlich. »Wir haben uns große Sorgen gemacht.«

»Tut mir leid, Vati«, murmelte Oskar. »Ich habe Lea gesucht.«

»Das ist Aufgabe der Polizei und nicht deine, mein Sohn«, polterte der Vater gereizt. »Mir gehen die orakelhaften Vorfälle auf die Nerven. Ich habe genug davon. Setz dich jetzt hin und iss etwas. Du siehst ziemlich mitgenommen aus.«

Oskar war zwar ausgehungert, aber als er zu essen begann, rutschte es gar nicht. »Ich glaube, ich muss mal aufs Klo.« Mit der Hand vor dem Mund rannte Oskar in die Gästetoilette, die sich neben der Küche befand. Er musste sich übergeben.

Seine Mutter war ihm gefolgt. Sie nahm Oskar in den Arm und fragte mitfühlend: »Mein armer Junge, geht es dir jetzt besser?« Oskar nickte, obwohl er sich am liebsten in Luft aufgelöst hätte, so schlecht ging es ihm.

»Lege dich in dein Bett, mein Liebling«, sagte die Mutter. »Ich bringe dir gleich Magentropfen. Sie bringen dich schnell wieder auf die Beine.«

Oskar wurde es ganz schwummrig, als er das hörte. Schwerfällig schlich er die Treppe hinauf. Prinz überholte ihn bellend und wartete hechelnd vor dem Kinderzimmer. Oskar hatte das Gefühl, als ob Bleigewichte an seinen Füßen hingen. Er schleppte sich mühsam ins Bett. Prinz sprang schwanzwedelnd hinterher. Er wollte Oskar das Gesicht abschlecken. Doch schlagartig hielt er inne, jaulte laut auf und hüpfte wie eine Rakete vom Bett.

Die Mutter kam nun aufgelöst in Oskars Zimmer. Sie rief: »Stell dir mal vor, mein Liebling, beide Flaschen mit den Magentropfen sind wie vom Erdboden verschwunden. Ich habe dir einen Kamillentee gekocht.«

Die Mutter stellte den heißen Tee auf den Beistelltisch und wollte Oskar über die Wange streicheln. Aber sie zog blitzartig die Hand zurück und schrie laut auf.

Sogleich stürzten der Vater und Lara ins Zimmer. Prinz jaulte und bellte abwechselnd.

»Was ist los?«, fragte der Vater aufgewühlt. Dann rief er barsch: »Prinz, gib sofort Ruhe!« Der Rüde schlich mit eingezogenem Schwanz in sein Körbchen.

»Oskar ist zu Stein geworden«, schluchzte die Mutter und hielt sich die Hände vor ihr Gesicht.

Der Vater stürzte zum Bett seines Sohnes und wurde blass. Lara stand der Mund vor Entsetzen offen, als sie die schiefergraue Statue im Bett liegen sah. Die Statue war das genaue Abbild von Oskar. Jedes seiner abstehenden Haare war in Stein gemeißelt.

»Oskar, mein Junge, hörst du mich?«, fragte der Vater hilflos. Er strich der Statue über die steinernen Stachelhaare.

»Hilf ihm doch!«, rief die Mutter mit zitternder Stimme. »Du bist doch der Chefarzt.«

»Verstehst du denn nicht?«, rief der Vater verzweifelt. »Mein medizinisches Wissen nützt mir gar nichts. Das hier ist verfluchte Zauberei. Unser Sohn muss entzaubert werden. Und ich kenne, verdammt noch mal, keine Zaubersprüche.«

»Was machen wir denn jetzt bloß?«, wimmerte die Mutter.

»Vielleicht weiß Ben etwas, was Oskar helfen würde«, mischte sich Lara ein.

»Guter Vorschlag«, lobte der Vater und nahm Oskars Handy vom Beistelltisch. Er drückte auf Bens Nummer.

»Hey, Alter«, meldete sich Ben aufgekratzt. »Verzeih mir mein Verschwinden, aber mein Vater hat mir die Hölle heiß gemacht. Ich darf nicht mehr in den Wald, solange sich da der T-Rex rumtreibt.«

Der Vater polterte los: »Schöner Freund bist du, Ben. Lässt Oskar in Stich und nun ist er ein Stein. Was sollen wir denn jetzt machen?«

Am anderen Ende der Leitung war es für einen Moment still. Dann sagte Ben: »Das tut mir leid. Da kann bestimmt nur die Hexe Indra helfen.«

»Und wo finde ich diese verfluchte Hexe?«, fragte der Vater ungeduldig.

»Das weiß ich ehrlich gesagt auch nicht«, antwortete Ben kleinlaut. »Rufen Sie die Hexe doch einfach. Jetzt muss ich leider Schluss machen und ins Bett gehen. Gute Nacht.«

»Ja, gute Nacht«, sagte der Vater mürrisch und legte auf. »Wie soll ich denn eine Hexe rufen?«

»Mit einem Zauberspruch natürlich«, rief Lara aufgeregt. »Abrakadabra, ein, zwei, drei, Hexe Indra komm herbei.«

Der Vater wollte gerade protestieren, als ein kalter Windzug durch das Zimmer wehte. Dann donnerte eine Stimme: »Legt die Statue in den Garten und geht wieder ins Haus. Tut ihr es nicht, passiert ein Unglück.«

»Oh, mein Gott, ich halte das nicht aus«, jammerte die Mutter blass. »Ich komme mir wie in einem schlimmen Albtraum vor.«

»Ja, es ist ein Risiko, wenn wir gehorchen«, stimmte der Vater zu. »Aber gegen Zauberei sind wir machtlos. Komm jetzt, lass uns die Statue in den Garten bringen. Lara, pass auf Prinz auf! Er darf uns nicht entwischen.«

Lara leinte Prinz vorsichtshalber an, als die Eltern vorsichtig die Statue die Treppe hinunterbugsierten.

»Mache uns bitte die Haustür auf, Lara!«, rief der Vater.

Lara band Prinz mit der Leine am Treppengeländer fest. Dann rannte sie in die untere Etage. Prinz bellte schrill und wand sich wie eine Schlange so lange hin und her, bis er sich aus seinem Halsband befreit hatte. In dem Augenblick, in dem Lara die Tür öffnete, raste der Rüde bellend in den Garten.

»Auch das noch«, rief der Vater wütend. Stöhnend schleppte er mit der Mutter die schwere Statue in den Garten. Dort legten sie Oskars Nachbildung auf der Wiese ab.

Prinz bellte ohne Unterlass die Statue an.

»Komm jetzt, Prinz!«, rief die Mutter und schaute sich ängstlich um. Aber der kläffende Rüde wich nicht von der Stelle.

Dem Vater wurde es unbehaglich. Er drängelte: »Wir müssen ins Haus zurück! Wer weiß, was uns sonst blüht. Komm jetzt, Prinz!«

Der Vater und die Mutter rannten zum Haus zurück, in der Hoffnung, dass Prinz ihnen folgen würde. Lara stand verängstigt in der offenen Haustür. Plötzlich hörten sie ein merkwürdiges Rauschen.

»Schnell, schließe die Tür!«, schrie der Vater hektisch.

»Und Prinz?«, fragte Lara zitternd.

»Im Moment müssen wir an unsere Sicherheit denken«, antwortete der Vater zerknirscht. »Etwas Grusliges ist da draußen.«

Die drei stürmten in die Küche. Vom Küchenfenster aus konnten sie den ganzen Garten überblicken. Da es schon halbdunkel war, leuchteten die Solarlichter den ganzen Garten aus. Die Eltern und Lara erstarrten jedoch vor Schreck, als sie sahen, wie zwei Flugsaurier die Statue anhoben und mit ihr in der Weite der anbrechenden Nacht verschwanden. Das Bellen von Prinz war verstummt.

»Ich hoffe, dass die Hexe weiß, was sie tut«, sagte der Vater fassungslos. »Lasst uns jetzt in den Garten gehen, um Prinz zu holen.«

»Das waren zwei Pteranodonten gewesen«, erklärte Lara fachkundig. »Ich las erst neulich im Internet, dass die Kurzschwanzflugsaurier an dem Hinterhauptkamm zu erkennen sind.«

Aber die Eltern hörten gar nicht mehr, was Lara sagte, denn sie suchten den Garten nach Prinz ab. Als Lara dazukam, ertönte eine schaurige Stimme: »Schlangenei und Krötendreck, was im Garten war, das ist weg vom Fleck. Ich habe nun

alles, was ich für mein Glück brauche. Prinzessin Lea ist meine Gefangene. Der Einfaltspinsel Oskar und seine Freunde haben gestritten. Das Orakel hat sich zu meinem Gunsten erfüllt.« Ein abscheuliches Gelächter durchdrang die Nacht. Dann war es still.

Die Eltern standen steif vor Entsetzen in ihrem gepflegten Garten und brachten kein Wort hervor.

Lara schluckte und sagte: »So ein Mist. Das war der schreckliche Tarabassini gewesen. Aber wir dürfen nicht aufgeben. Im Märchen wird doch zum Schluss auch immer alles gut.«

»Aber ich komme mir wie in einem schlechten Krimi vor«, erwiderte der Vater verzweifelt.

»Was können wir tun?«, fragte die Mutter unglücklich.

Die Hexe Indra hilft

Lasst uns wieder ins Haus gehen«, schlug der Vater vor und holte tief Luft. »Dort rufen wir noch einmal nach der Hexe Indra.«

Die Eltern und Lara gingen wieder in die Küche. Dort setzten sie sich an den Küchentisch. Der Vater schaute an die Decke und rief eindringlich: »Hexe Indra, ich rufe dich herbei. Mir ist das nicht einerlei, denn ich glaub nicht an Hexerei. Aber nun ist mein Sohn in Stein gehauen, die Flugsaurier kamen, um ihn zu klauen. Wir brauchen deinen klugen Rat, den wir umsetzen in die Tat.«

»Wow, Papa!«, rief Lara anerkennend. »Du kannst ja toll reimen.«

»Vielleicht hört die Hexe ja auf Reime«, antwortete der Vater und kratzte sich verlegen am Kopf.

Plötzlich zog ein Windstoß durch die Küche und eine braungraue Ratte saß auf dem Küchentisch. Lara schrie auf und rannte wie eine Furie aus der Küche. Die Mutter musste sich zusammennehmen, um nicht auch wegzurennen. Sie ballte eine Faust und kniff den Mund zusammen.

»Guten Tag, meine Herrschaften«, fiepte die Ratte. »Ich komme im Auftrag der Hexe Indra. Sie kann leider nicht persönlich kommen. Sie hat mir eine Botschaft für euch mitgegeben.« Die Ratte sah sich ängstlich um. Ihre Ohren bewegten sich wie zwei Radarschirme.

»Was für eine Botschaft?«, rief der Vater ungeduldig.

»Nur der T-Rex kann gemeinsam mit drei Freunden Tarabassini besiegen«, fiepte die Ratte und sah sich wieder um. »Morgen bricht der dritte Tag des Orakels an. Ihr, guter Mann, müsst Ben und Moritz vor der Schule abfangen. Sie müssen den T-Rex im Wald aufspüren, bevor die Polizei ihn erwischt. Die Jungen müssen mit dem T-Rex nach Hokuspokus kommen, damit der Zauberer endlich besiegt werden kann.«

»Aber die Jungen können doch nicht einfach so mit dem T-Rex nach Hokuspokus marschieren!«, rief die Mutter entsetzt.

»Nein, nein«, knirschte die Ratte. Sie stellte sich auf die Hinterbeine und flüsterte: »Einer der Jungen muss folgenden Zauberspruch sagen:

›Die Hexe dreht sich pausenlos im Kreis, der T-Rex den Weg ins Zauberland weiß‹.«

Kaum hatte die Ratte das letzte Wort ausgesprochen, war sie vom Küchentisch verschwunden.

Die Mutter holte tief Luft. Der Vater schüttelte den Kopf. Dann fragte er missmutig: »Wieso stecken ausgerechnet wir in solch einem verkorksten Schlamassel?«

Lara meinte beleidigt: »Immer ist bloß von den Jungen die Rede. Mich nimmt keiner ernst.«

»Lass es jetzt gut sein«, entgegnete die Mutter matt. »Ich bin fix und fertig. Wir gehen jetzt ins Bett. Wer weiß, was morgen geschieht.«

Am nächsten Morgen nach dem Frühstück fuhr der Vater zur Schule, um Ben und Moritz abzupassen. Die zwei Jungen standen vor dem Schultor und unterhielten sich aufgeregt. Als sie Oskars Vater sahen, wollten sie wegrennen.

»Bleibt stehen, Jungs!«, rief der Vater. »Oskar braucht eure Hilfe. Bitte.«

Ben und Moritz war es unbehaglich zumute.

»Jungs, nur ihr könnt Oskar retten und den Zauberer Tarabassini vernichten«, sagte der Vater flehentlich. »Ihr müsst zum T-Rex in den Wald gehen. Dann sagt folgenden Zauberspruch: ›Die Hexe dreht sich pausenlos im Kreis, der T-Rex den Weg ins Zauberland weiß‹.«

Ben und Moritz schauten sich verunsichert an. Ben nickte Moritz zu. Moritz nickte zögerlich zurück.

Ben sagte: »Also gut. Wir lassen Oskar nicht im Stich.«

»Danke, Jungs«, sagte der Vater erleichtert. »Ich nehme euch die Ranzen ab und informiere eure Eltern.«

Ben und Moritz hetzten in den Wald. Den Weg zur Baumhöhle kannten sie unterdessen wie im Schlaf. Sie riefen nach dem T-Rex, als sie atemlos an der umgefallenen Baumruine eintrafen. Ihre Herzen hämmerten wie Basstrommeln. Ben stand der Angstschweiß auf der Stirn, als es lautstark im Wald zu knacken begann. Es dauerte nur einen Augenblick, dann stand der T-Rex vor den Jungen und brüllte wie eine überlaute Hupe.

Ben stammelte: »Die Hexe dreht sich pausenlos im Kreis, der T-Rex den Weg ins Zauberland weiß.«

Kaum hatte Ben das letzte Wort ausgesprochen, begann die Luft zu flimmern und ein riesiges Portal erschien.

»Jungs«, brüllte der T-Rex, »ihr seid genial. Das Portal habe ich seit Tagen gesucht. Es führt in meine Heimat. Kommt mit.«

»Ja, klar«, stimmte Ben zu, »wir müssen doch gemeinsam den Zauberer besiegen.«

Markerschütternd brüllend durchquerte der T-Rex den riesigen verschnörkelten Torbogen.

»Los, hinterher!«, rief Ben. Er verschwand hinter dem Vorhang der flimmernden Luft.

Moritz seufzte und durchschritt ebenfalls das Portal. Jedoch war das Zeitfenster bereits überschritten. Eine gewaltige Kraft zog an Moritz' brauner Lockenpracht. Er schrie aus Leibeskräften, als er an seinen Haaren noch oben gezogen wurde. Dann plumpste er wie ein Stein zu Boden. Ben sah ihn groß an. Moritz schimpfte: »Glotz nicht so! Mein Hintern wird bestimmt grün und blau.« Er stand auf und rieb sich seine Pobacken. Dann schaute er sich um und stellte spöttisch fest: »Kaum hat der T-Rex das Zauberland betreten, hat er sich in Luft aufgelöst.«

»Nein, hat er nicht, mein Junge«, rief plötzlich eine Stimme. König Gustav trat unerwartet hinter einem Baum vor.

»König Gustav!«, rief Ben verdattert. »Wo kommt Ihr auf einmal her?«

»Tarabassini verwandelte mich in den T-Rex und zauberte mich in eure Welt«, erklärte der König. »Dank euch bin ich wieder ich selbst.« König Gustav zog die Stirn kraus und fuhr fort:

»Aber wer weiß wie lange. Wir müssen den Zauberer endlich zugrunde richten.«

»Richtig, Herr König«, bestätigte Ben. »Dann ist Oskar wieder ein Mensch und Lea befreit. Und Ihr und die Königin können Hokuspokus friedlich regieren.«

»Oh, meine Königin!«, rief der König. »Ich weiß nicht einmal, was der gerissene Tarabassini ihr angetan hat.«

»Was sollen wir jetzt tun?«, fragte Moritz mutlos.

Ben sah ihn grinsend an und meinte: »Also, wenn wir Tarabassini besiegt haben, bist du hoffentlich kein Glatzkopf mehr. Lea fällt ja in Ohnmacht, wenn sie dich so sieht.«

Moritz fasste sich erschrocken an den Kopf. Er schrie auf, als er seine Glatze fühlte.

»Jungs, lasst uns zur Hexe Indra gehen«, schlug der König vor. »Sie ist unser Rettungsanker.«

»Hat Oskar nicht erzählt, dass sie ein Dilopho-saurus ist«, sagte Ben und kratzte sich nachdenk-lich am Kopf.

»Ja, damit er recht«, trompete es plötzlich neben Ben. Wie aus dem Nichts war ein Dilophosaurus aufgetaucht.

Ben sprang blitzartig zur Seite und versteckte sich hinter dem König. Moritz rannte schreiend davon.

»Jungs, seid keine Drückeberger, sonst ist Os-kar nicht mehr zu retten«, rief die Zweikamm-Echse eindringlich. »Der Zauberer muss mit sei-nen eigenen Waffen geschlagen werden.«

»Und die wären, Indra?«, fragte der König. »Aber sage mir zuerst, wo meine Königin ist.«

»Ich weiß nicht, wo die Königin ist«, antwor-tete die Zweikamm-Echse traurig. »Tarabassini hat die Königin wieder in eine Ratte verzaubert. Leider kam sie nach letzten Mission aus der an-deren Welt nicht mehr zu mir zurück.«

Der König senkte bekümmert den Kopf.

»Das Orakel muss heute erfüllt werden«, trom-pete der Dilophosaurus. Der Schädelkamm des Sauriers verfärbte sich knallrot. »Ich verwandle euch nun in Dinosaurier, denn nur so könnt ihr

Tarabassini überlisten. Der Zauberer hält sich in Euerm Schloss auf, König Gustav. Die Statue von Oskar liegt im Schlossgarten. Der Hund sitzt bewegungsunfähig davor. Zuerst muss Oskar befreit werden. Nur mit einer List kann dann der T-Rex Tarabassini, der nun wieder einen Körper hat, endgültig zum Garaus machen. Falls euch das nicht gelingt, bleibt ihr für immer Urzeittiere.«

Der König rief wütend: »Mich verwandelst du nicht wieder in diesen protzigen Fleischfresser mit einem Gehirn, das nicht größer ist als eine Walnuss ist, Indra!«

»König Gustav, T-Rex bedeutet ›Herrschende Königsechse‹. Also, der Apfel fällt nicht weit vom Stamm«, erklärte die Zweikamm-Echse gelassen und drehte sich um die eigene Achse.

Laut brüllend stand nun ein T-Rex auf der Wiese und wedelte unbeholfen mit seinen kurzen Armen in der Luft herum.

Als sich die Zweikamm-Echse nochmals um die eigene Achse gedreht hatte, wuselten um den T-Rex zwei Baby Tyrannosaurus Rex herum. Jedes der Dino Babys war etwa so groß wie ein Bordercollie, hatte einen weichen Flaum am

Körper und war das genaue Abbild vom T-Rex. Nun drehte sich der Dilophosaurus, dessen Schädelkamm wieder gelblich-grün war, ein drittes Mal um die eigene Achse.

Im selben Augenblick befanden sich der T-Rex und die Tyrannosaurus-Babys im Garten des Königs.

»Mensch, Alter«, rief eines der Baby T-Rex, »mir ist von der ganzen Hexerei ganz schwindlig.«

»Halte dein Maul!«, rief der andere Baby T-Rex, dessen Kopf keine Flaumfedern bedeckte. »Ich verfluche Oskar, der uns den ganzen Hexenkram eingebrockt hat.«

Der T-Rex summte erst in tiefen Tönen und brüllte dann: »Ruhe jetzt, ihr Knirpse! Als Erstes befreien wir Oskar.«

Oskar ist der Beste

Die Zweikamm-Echse hatte dem T-Rex einen kleinen Wassersack mitgegeben, in dem sich das Wasser des Lebens befand. Der T-Rex nestelte umständlich das Band auf und konnte gerade noch das Wasser auf der Statue verteilen, als Tarabassini im Schlossgarten erschien.

Der Zauberer lachte schallend und rief hämisch: »Schön, dass ihr alle gekommen seid. Dann könnt ihr gemeinsam ins Reich der Toten reisen und ich bin endlich der alleinige Herrscher von Hokuspokus.«

Oskar war gerade wieder zu einem Menschen geworden, als Tarabassini seine Arme ausbreitete, um einen Zauberspruch auszusprechen.

Oskar schrie panisch: »T-Rex, schnapp dir den Zauberer!«

Der T-Rex bückte sich sogleich und ergriff den überraschten Tarabassini.

Oskar rief: »Der Zauberer ist heute deine Vorspeise. Er schmeckt köstlich.«

Der Tyrannosaurus Rex schwenkte argwöhnisch den verdutzten Tarabassini ein paar Mal hin und her. Dann warf er sich ihn in sein scheunengroßes Maul und schluckte ihn hinunter. Oskar atmete tief durch. Der T-Rex rülpste unterdessen und rieb sich seinen Bauch. Die Baby Dinos liefen aufgeregt, schrill trompetend über die Wiese.

Oskar war aber maßlos enttäuscht, denn er hatte erwartet, dass sich nun die Zaubereien Tarabassinis verflüchtigen würden. Jedoch bleib alles unverändert. Das Orakel hatte sich somit nicht erfüllt. Er ließ die Arme hängen, während die Baby Dinos wütend zu ihm liefen.

»Mensch, Alter«, trompete der verwandelte Ben, »was nun? Lass dir ja was einfallen, sonst speie ich Feuer.«

»Genau«, stimmte der andere Baby T-Rex zu. »Da mache ich mit. Ich habe an den Orakelmist sowieso nicht geglaubt.«

In der Zwischenzeit hatte sich der Bauch vom T-Rex wie ein Heißluftballon aufgebläht. Der Tyrannosaurus Rex brüllte vor Schmerzen so laut wie ein Kampfjet, der mit Überschallgeschwindigkeit unterwegs ist.

»Hilf mir!«, brüllte der T-Rex schmerzerfüllt.

»Ben, Moritz!«, rief Oskar nervös. »Speit Feuer!

Der T-Rex muss verbrennen, denn Tarabassini lebt noch in dem riesigen Wanst.«

»Mensch, Alter, der T-Rex ist doch König Gustav«, rief Ben entsetzt, »den können wir doch nicht in Brand setzen.«

»Speit Feuer, Babys!«, brüllte der T-Rex voller Qual.

Instinktiv schlugen die Baby T-Rex ihre scharfen Zähne aufeinander. Sofort sprangen kleine Funken herum und kurz darauf spien die Baby Dinos Feuer. Der Tyrannosaurus zischte und pfiff wie die lautesten Böller eines Silvesterfeuerwerkes. Wie eine Schlange wand sich der König der Dinosaurier hin und her.

Oskar konnte gerade noch den bewegungsunfähigen Prinz aus der Hitze des Feuers retten. Kurz darauf stand die ganze Wiese in Flammen. Oskar rannte schweißgebadet mit Prinz auf dem Arm in das Schloss. Die Baby Dinos folgten ihm.

Das riesige Feuer fegte und knisterte noch eine ganze Zeit. Dann war der Spuk vorbei. Auf der verbrannten Wiese lag ein riesiger Aschehaufen. Nur der Steinkreis hatte dem Feuer standgehalten. Oskar war fassungslos, denn selbst mit dem Tod des T-Rex verschwanden die Zaubereien Tarabassinis nicht.

»Ich hasse dich!«, schrie quietschend der Baby T-Rex ohne Flaum am Kopf.

»Mensch, Alter«, mischte sich der andere Baby T-Rex ein. »Du hast versagt.«

Oskar stand wie ein begossener Pudel in der riesigen Schlosshalle, die mit Säulen und Rundbögen durchzogen war. Er schaute traurig auf Prinz, der starr dasaß.

Plötzlich zog ein starker Windzug durch die Halle und der Dilophosaurus stand vor ihnen. Sein Schädelkamm war knallrot. Wütend fauchte er: »Oh, ihr Unseligen. Durch eure Streitereien kann sich das Orakel nicht erfüllen. Nun lass dir etwas einfallen, mein Junge. Ansonsten bist du bald wieder eine Statue.«

Oskar zitterte wie Espenlaub. Was sollte er tun? Er dachte an die Weissagung des Orakels. Nur drei Freunde können gemeinsam mit dem T-Rex den Zauberer besiegen. Oskar schaute nach draußen auf die verbrannte Wiese, in deren Mitte der riesige Aschehaufen des T-Rex lag. Wo war Tarabassini?

Plötzlich hatte Oskar eine Idee. Sein Körper straffte sich und er sagte: »Ben, Moritz, wir müssen jetzt zusammenhalten. Wir müssen in dem

Aschehaufen des T-Rex nach etwas von Tarabassini suchen, was nicht verbrannt ist. Vielleicht
ein Ring oder ein Zauberstab. Wenn wir fündig
geworden sind, weiß ich, was zu tun ist.«

»Ich bleibe hier bei deinem Hund«, sagte der
Dilophosaurus matt. »Ich fühle mich schwach.«

Die Baby Dinos folgten Oskar bereitwillig auf
die Wiese. Sie hatten endlich begriffen, dass sie
als Freunde zusammenhalten mussten, wenn sie
Tarabassini besiegen wollten.

Die drei stürzten sich in den Aschehaufen. Sie
wühlten wie Wildschweine den ganzen Haufen
durch. Über und über mit Asche bedeckt kamen
sie nach einer Weile zum Vorschein. Jeder hatte
etwas gefunden. Der verzauberte Ben hielt einen
Ring zwischen seinen zwei Fingern. Der Baby
T-Rex ohne Flaum auf dem Kopf hatte einen
Zauberstab auf seinen kurzen Ärmchen liegen.
Oskar hatte sich den verkohlten Umhang von
Tarabassini um die Schultern gelegt. Es hingen
nur noch die Federkiele an dem Umhang. Die
weißen Federfahnen waren verbrannt.

»Jetzt siegen wir, Freunde!«, rief Oskar über-
zeugt. »Kommt, wir stellen uns jetzt in den
Steinkreis. Ich weiß, was zu tun ist.«

Bereitwillig folgten nun die Baby Dinos Oskar in die Mitte des Aschehaufens.

»Gebt mir jetzt eure Fundsachen«, bestimmte Oskar selbstbewusst.

Er steckte sich den Ring an den Finger, schwang den Zauberstab und drehte sich im Kreis. Dazu sang er: »Tarabassini ist besiegt, der T-Rex nun in Asche liegt. Nun ist endlich Friedenszeit, alle sind befreit vom Leid.«

Es zog ein starker Wind auf, der die Asche des T-Rex in alle Winde verstreute. In dem Sturm war Tarabassinis schwindende Stimme zu hören: »Oskar, deine Schlauheit, dein Mut und euer Zusammenhalt haben mich besiegt.«

Mit dem letzten Wort Tarabassinis war der Sturm weg. Die Sonne schien übers Land. Die Vögel zwitscherten fröhlich.

Ben und Moritz waren nun wieder sie selbst und umarmten Oskar.

»Mensch, Alter, du bist der Größte«, lobte Ben seinen Freund neidlos.

»Streiten ist doof«, sagte Moritz einsichtig, »lasst uns endgültig das Kriegsbeil begraben.«

»Juchhu, das Orakel hat sich erfüllt!« Lea kam aus dem Schloss gerannt. Prinz war noch schneller und hetzte auf Oskar zu. Er sprang ihn an, warf ihn um und leckte ihm sein Gesicht ab.

Da lachten alle. Oskar rappelte sich wieder hoch. Lea umarmte ihn und gab ihm einen Kuss auf die Wange. Oskar wurde feuerrot.

Lea war überglücklich, denn ihre Eltern kamen nun auf sie zu. Hinter ihnen lief die Hexe Indra.

»Unsere Prinzessin ist wohlauf«, rief Königin Hilde froh. »Nun wird alles gut.«

»Ja, Oskar ist unser Held«, sagte König Gustav. »Sage mir deinen größten Wunsch. Ich erfülle ihn dir.«

Oskar schaute Lea an und sagte: »Herr König, natürlich wollen wir so schnell wie möglich wieder nach Hause. Und Lea soll auch mitkommen. In ein paar Tagen fahren wir zur Klassenfahrt. Die darf Lea nicht verpassen.«

Der König schluckte und sagte: »Wenn Lea möchte, darf sie weiterhin bei ihrer Adoptivmutter bis zu ihrem 18. Lebensjahr leben. Danach muss sie ihre Herrschaft in Hokuspokus antreten und sich vermählen. So sieht es das Gesetz vor.«

Lea umarmte ihre Eltern und sagte: »Ihr könnt euch auf mich verlassen. Ich habe euch sehr lieb.«

Oskar strahlte und fragte den König aufgekratzt: »Welches Transportmittel habt Ihr für unsere Heimreise vorgesehen?«

Der König schaute hilflos die Hexe an. Indra holte tief Luft und sagte belustigt: »So, ihr mächtigen Nachwuchs-Paläontologen, blickt in den Himmel.«

Es rauschte auf einmal in der Luft und vier Pteranodonten segelten über ihre Köpfe.

»Wow, da habt Ihr aber tief in Eure Trickkiste gegriffen, Hexe Indra«, rief Oskar begeistert. »Das wird eine richtig coole Heimreise.«

Prinz bellte argwöhnisch. Oskar streichelte ihn und sagte: »Wenn du nach Hause willst, Prinz, musst du mit mir auf den Pterosaurier reiten.«

Prinz hatte die Rute zwischen seine Hinterbeine geklemmt und zitterte. Aber es nützte nichts. Oskar schwang sich auf einen der Flugsaurier. Der König hievte Prinz hoch und legte ihn vor Oskar. Ben, Moritz und Lea schwangen sich ebenfalls auf einen der Flugsaurier und hielten sich an dem langen Hinterhauptkamm fest.

Die Pteranodonten hoben trotz ihrer Größe leichtfüßig vom Boden ab, gewannen rasch an Höhe. Im rasanten Segelflug erreichten die Kinder und Prinz schließlich ihre Heimat.

Dort wurden sie schon sehnsüchtig erwartet.